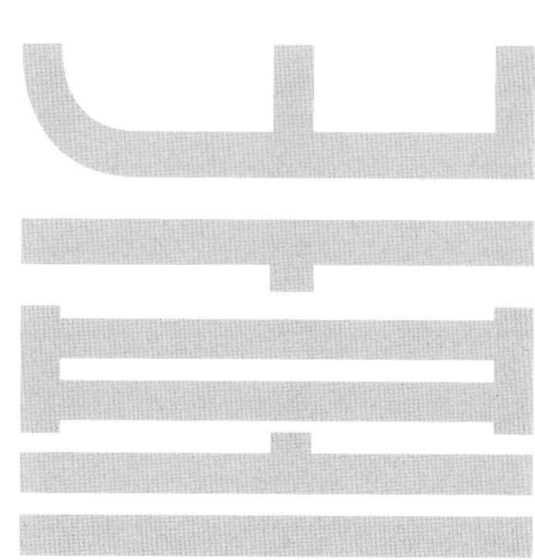

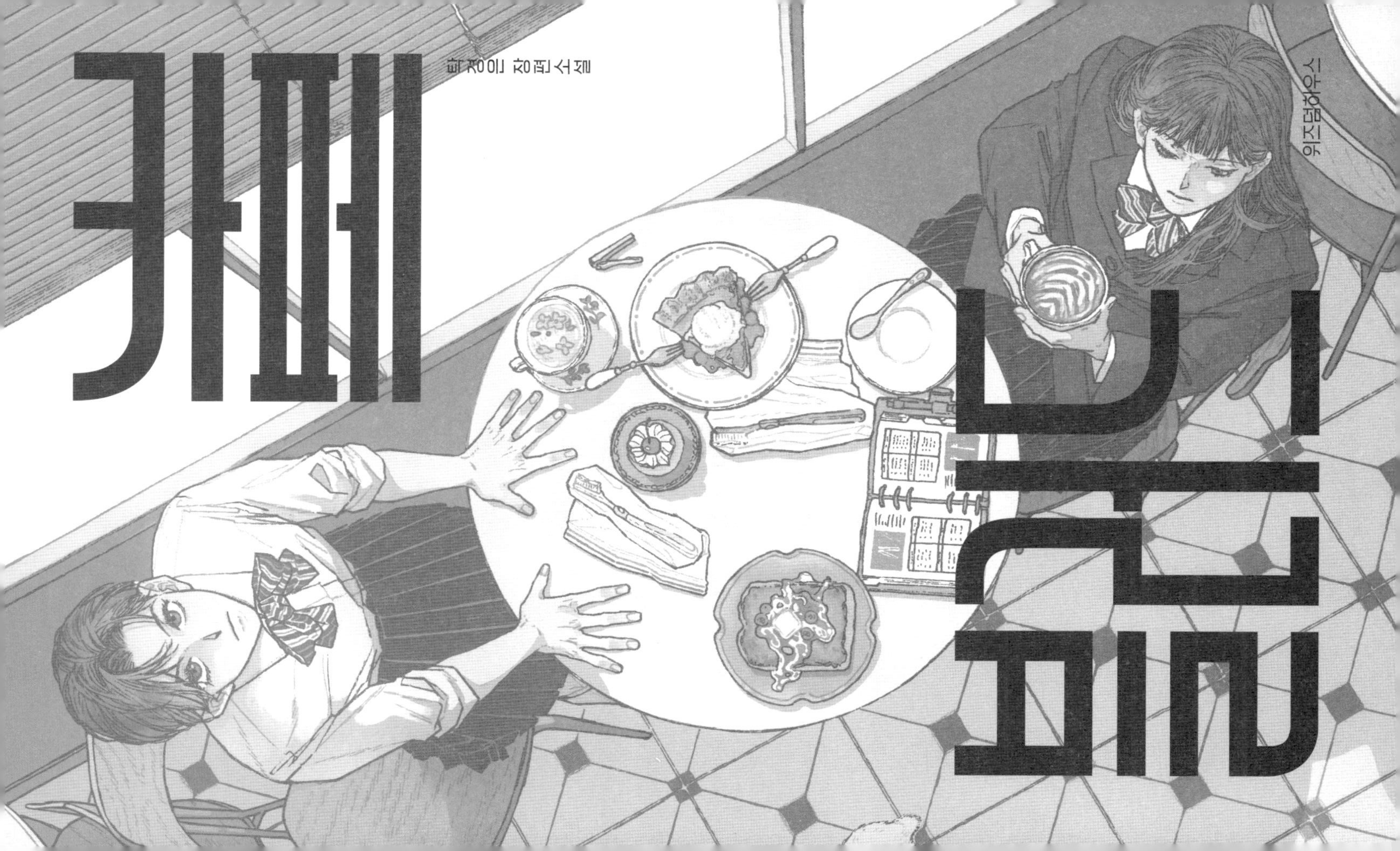
카페
늘봄
탁경은 장편소설
위즈덤하우스

블러드허니

하랑

하랑은 초등학교 정문을 지나쳐 계속 걸었다. 더 걸으면 단골 편의점이 나오고 조금 더 가면 소진의 집이었다. 마침 소진이 아파트 쪽문 앞에 나와 있었다. 하랑은 와락 달려가 소진의 팔에 팔짱을 꼈다. 매일 만나도 늘 반가웠다.

하랑과 소진은 모퉁이를 돌아 큰 사거리로 나갔다. 신호등이 바뀌기를 기다리며 하랑은 기대에 부풀었다. 오랜만에 시원한 국물을 들이켤 생각을 하자 입에 침이 고였다.

"저기 뭐야?"

횡단보도를 건넌 다음 익숙한 골목에 들어섰는데, 낯선 풍경이 눈에 들어왔다. 점심 무렵부터 많은 사람이 줄을 서고 있었다. 하랑은 가게 간판을 힐끔거렸다.

"지난달에 새로 생긴 카페인데 난리야."

소진이 심드렁한 목소리로 말했다. 중간고사에 전념하고 싶다는 소진의 부탁 때문에 그동안 하랑은 이 골목에 오고 싶은 마음을 꾹 눌러야 했다. 간판에는 'Blood'라고 적혀 있었다. 글씨 색깔이 검붉어서 어딘지 모르게 섬뜩한 느낌을 주었다. 통 유리창 너머로 카페 내부가 보였다. 살벌하게 깨끗하고 모던했다. 카페 이름과 다르게, 피 한 방울도 떨어져 있으면 안 될 것 같은 인테리어였다.

하랑이 기웃거리며 말했다.

"음료가 맛있나?"

"그럴지도. 하여튼 쫄려 죽겠어."

"왜?"

"저 인간들이 우리 식당 점령할까 봐."

"그건 안 되지!"

하랑은 비장한 얼굴로 주먹을 꽉 쥐었다. 그 모습을 보고 웃음이 터진 소진은 잠시 까르륵거렸다. 이야기를 나누는 사이, 하랑과 소진은 목적지에 도착했다. 하랑이 먼저 들어서자 김밥을 썰고 있던 주인 할머니가 살짝 고개를 들며 반갑게 맞아 주었다.

"잉, 왔구먼. 국수 두 개에 김밥 하나. 맞제?"

"네!"

하랑과 소진은 큰 목소리로 동시에 대답하고, 가장 안쪽에 있는 테이블을 차지했다. 잠시 후 푹 익은 김장김치와 뜨거운 김이 폴

폴 솟아오르는 잔치국수 두 그릇이 나왔다.

"잘 먹겠습니다."

"잉, 많이 먹어라잉."

하랑과 소진은 면치기를 하며 정신없이 국수를 흡입했다. 중간중간 숟가락으로 국물을 퍼먹는 것도 잊지 않았다. 간판조차 없는 가게라 하랑은 이곳을 '할머니 국수'라고 불렀고, 소진은 '우리 식당'이라고 불렀다. 먼저 이곳을 발견한 하랑이 세 번째 왔을 때 소진을 비롯한 몇몇 애들을 데려왔다. 그런데 국물 맛을 알아보는 애는 소진밖에 없었다. 그 후 이곳은 하랑과 소진의 단골 식당이 되었다.

"생각해 봤는데 말이야."

하랑이 남은 김밥을 잽싸게 집으며 말했다.

"저 사람들, 여기 안 올 것 같아."

소진은 국수 그릇을 통째로 들고 남은 국물을 야무지게 마셨다.

"무슨 근거로?"

"아까 얼핏 보니까 카페가 엄청 깨끗하더라고. 저런 곳을 좋아하면 여기를 극혐할지도."

하랑이 친구들을 식당으로 데리고 왔을 때, 애들이 처음 보인 반응은 지저분하다였다. 이렇게 허름한 식당에서 밥을 먹는 게 찜찜하다, 밤이면 바퀴벌레가 돌아다닐 것 같다, 옆 테이블과 간격이 너무 가깝다 등 대부분의 애들은 할머니 국수 가게의 위생 상태에 몸을 부르르 떨었다. 그래서 평소에 그렇게까지 친하지 않던 소진이 아무렇지 않은 표정으로 국수 그릇을 통째로 들고 마셨을 때 하랑은 소진을 향한 애정도가 뿜뿜 샘솟았다.

"일리 있는데, 또 모르는 거야. 사람은 원래 모순적이거든."

모순? 소진은 가끔 어려운 단어를 썼다. 나중에 철학을 전공하겠다는 애답게 책을 좀 많이 읽은 탓 같았다. 이 이야기를 엄마한테 했더니, 엄마는 철학 같은 거 전공하면 굶어 죽는다고 말하며 혀를 끌끌 찼다. 하랑이 두 눈을 천천히 끔벅이자 소진은 친절하게 '모순'의 뜻을 설명해 줬다.

"앞뒤가 안 맞는다고. 세상에서 제일 깔끔한 척하던 사람이 손도 안 씻고 과자를 먹기도 하잖아."

"아, 무슨 말인지 알겠어."

국수를 다 먹고 나왔을 때도 카페 앞 대기줄은 여전했다. 5월이라고 믿기 힘들 만큼 날이 무덥고 햇살은 뜨거웠다. 그런데도 사람들은 주말인 오늘 무슨 일이 있어도 카페에 가고야 말겠다는 의지로 불타오르는 듯했다. 하랑은 긴 줄을 흘끔대며 소진과 함께 걸어왔던 길을 되돌아갔다.

"요즘 엄마가 이상해."

하랑의 입에서 생각지도 못한 말이 튀어나왔다. 배는 부르고 국물의 감칠맛이 혀끝에 남아 기분은 날아오를 듯 좋았다. 그 덕분에 평소 꽉 조여 두었던 긴장의 끈이 풀린 모양이었다.

"그래? 그렇게 생각하는 이유는?"

무슨 이야기를 하든 이유부터 찾고 보는 소진이었다. 하랑은 어

떻게 설명해야 소진이 "아, 그렇구나." 하고 대꾸해 줄지 알 수 없
어 잠시 고민했다.

"거울을 심하게 들여다봐."

"원래 그러셨잖아."

"요즘 콧노래도 자주 불러."

"기분 좋은 일이 있나 보지."

"다이어트 한약을 몇백만 원어치 질러서 아빠랑 싸웠다니까."

"헐, 그건 좀 심하네."

소진이 동조하자 하랑의 마음속 고삐가 풀렸다. 해야 하나 말아
야 하나 몇 번이나 망설였던 말이 툭 튀어나왔다.

"요즘 내 방에도 너무 자주 들어와."

소진이 걸음을 늦추고는 하랑 쪽으로 고개를 돌렸다.

"목적이 뭘까?"

당연히 엄마의 목적 같은 거 하랑은 몰랐다. 엄마와 아주 친한
사이는 아니었다. 그렇다고 만날 때마다 악다구니를 할 정도로 나
쁜 사이도 아니었다. 적당히 어색하고 어정쩡한 관계라 해야 할
까. 어쨌든 하랑은 예고 없이 부쩍 잦아진 엄마의 방문이 불편했
다. 공부하는지 감시하는 건가? 기말고사를 앞두고 있으니 긴장
하라는 무언의 압박인가? 아니면 살이 좀 빠지고 얼굴도 갸름해
진 자신을 칭찬해 달라는 건가? 엄마가 방에 들어오는 목적이 무
엇인지 알 수 없어 더 찜찜했다.

"그걸 모르겠다니까."

“방에 들어올 때 어떤 눈빛인데? 들어와서 뭘 해?”

“글쎄.”

“떠올려 봐. 추리라도 해 봐야지. 너 셜록 팬이잖아.”

소진이 끈덕지게 재촉했다.

하랑의 이름이 ‘사랑하라’에서 왔다고 이야기해 준 사람은 할아버지였다. ‘사랑’과 ‘하라’ 중 무엇으로 할지 고민하던 할아버지에게, 두 이름 다 유명한 사람이 있으니 ‘하랑’으로 하자고 슬쩍 제안한 건 할머니였단다. 이름의 유래와 달리 하랑은 영화나 드라마를 볼 때도 로맨스보다는 추리 쪽이었다. 가끔 소설을 읽을 때도 범죄 장르를 좋아했다. 무엇보다 배우 베네딕트 컴버배치가 나오는 영국 드라마 〈셜록〉의 찐팬이었다.

하랑은 게슴츠레 눈을 뜨고 생각에 잠겼다. 엄마가 자신의 방에 들어와 가장 많이 하는 행동을 떠올리려 애썼다.

“뭘 찾는 것 같아.”

소진도 눈을 가늘게 떴다.

“뭘 찾는데?”

“눈을 반짝이며 들어와서는 여기저기를 자꾸 둘러봤어. 침대에서 뭘 찾는지 이불을 들출 때도 있고, 베개를 들어 올리는 순간에 내가 딱 들어간 적도 있어.”

“그래서? 뭐라고 했어?”

“부드럽게 물었지. 엄마 또 내 방에서 뭐 하냐고. 그랬더니 이불 빨래 할 때 됐나 봤지, 하면서 호호 웃더라고.”

"너희 엄마 잘 안 웃잖아. 얼굴에 주름 생길까 봐."

"그러니까 수상하다는 거지."

냄새가 났다. 그러나 거기까지였다. 〈셜록〉을 누구보다도 좋아하는 하랑이었지만 자신이 추리에 소질이 없다는 사실을 진작 알고 있었다. 아니, 추리하는 건 물론이고 그 외에도 잘하는 게 딱히 없었다. 두각을 나타낼 정도까지는 아니어도 조금이라도 잘하는 일이 하나라도 있다면 얼마나 좋을까. 그걸 아는 엄마는 하랑을 걱정하는 척하며 잔소리를 퍼부었다. 국물 좀 그만 먹고 식단 관리 하라고. 몸매와 피부를 관리해 두면 쓸모가 있을 거라고. 어떤 이야기를 하든 결국 '쓸모'와 '아름다움'으로 귀결되는 엄마였다.

하랑은 반 발자국 앞서 걸어가는 소진을 보았다. 책도 많이 읽고 아는 것도 많고 어떤 상황에서도 논리적인 소진이 부러웠다. 내가 자기를 부러워한다는 걸 소진은 알까? 아마 모를 것이다. 계속 몰랐으면 좋겠다. 하랑은 자기 마음속에 있는 여러 감정을 다 알고 싶지 않았고, 다른 사람들도 영원히 몰랐으면 했다.

나결

이번 주말도 엄청나게 많은 사람이 몰렸다. 수요일부터 토요일까지 일하는 민호 형은 평일보다 주말 손님의 수가 세 배 가까이 차이 난다고 했다.

“근데 요새는 평일에도 꽤 많이 와. 점점 늘어나는 trend지.”

트렌드가 여기에 맞는 말인가? 나결이 의아해하는 사이 형은 가운뎃손가락으로 안경을 추켜올렸다. 점점 더 몰리는 손님들에게, 정신없이 바쁜데 보너스조차 챙겨 주지 않는 사장에게 욕을 날리는 건가 싶어서 통쾌하다가도, 설마 저거 나한테 날리는 건가 싶어 기분이 살짝 상했다.

“지금보다 손님 더 늘면 난 quit할 거다.”

초등학생 때 미국에서 유학했다는 형 덕분에 나결은 주말에 알바를 하면서도 영어 공부를 했다. 참으로 고마운 상황이었다.

“오늘도 고생했어. 음료 한 잔씩 하고 가.”

사장이 나결과 민호 앞으로 다가와 말했다. 나결이 종일 기다려 온 시간이었다.

“맘껏 마셔도 되죠?”

아이처럼 순진무구한 목소리로 민호 형이 물었고 사장은 입꼬리를 올리며 웃었다. 민호 형은 오늘도 헤이즐넛라테를 마시겠지.

“나결 군은 오늘도 블러드허니지?”

“네.”

“좋아. 잠깐만 기다려.”

사장은 지하실로 향하는 입구 근처로 걸어갔다. 카페 블러드의 인기 음료인 블러드허니에는 라즈베리와 적포도즙, 토종꿀이 들어간다. 그 색깔이 선홍색 핏빛을 닮아 이름에 블러드를 넣었는데 반응이 상상 이상으로 좋았다. ‘피’라는 단어에 거부감을 느낄 법도 한데 사람들은 블러드허니의 핏빛 색과 달콤한 맛에 감탄했고 찬사는 SNS을 타고 삽시간에 퍼졌다.

“존나 많이 먹어야지.”

민호 형이 헤헤거렸다. 참 알 수 없는 사람이었다. 어떨 때는 나이 많은 아저씨 같다가도 어떨 때는 아이처럼 순진무구했다.

“자, 건배.”

사장과 나결의 손에 블러드허니가, 민호 형의 손에 헤이즐넛라테가 들려 있었다. 음료가 담긴 건 트라이탄 컵이었다. 유리처럼 투명한데 잘 깨지지 않고 어떤 음료를 담아도 환경호르몬이 검출되지 않는다.

음료를 마시는 나결의 목구멍이 꿀렁였다. 라즈베리와 포도 향이 달콤하게 입안을 적시다가 식도를 타고 쭉 내려갔다. 기분이 상쾌해졌다. 오늘의 피로를 싹 날려 주는 맛이었다.

“대충 정리하고 들어가.”

사장이 컵을 내려놓고 다시 지하실로 내려갔다. 사장은 오늘도 블러드허니를 반 이상 남겼다. 나결의 시선을 눈치챈 민호 형이 말했다.

“야, 먹지 마라.”

“먹을 건데요?”

“아, 진짜 disgusting!”

나결은 사장이 남긴 블러드허니를 야무지게 마셨다. 마지막 한 방울도 남길 수 없다는 듯 컵을 기울여 쪽쪽거렸다. 그 모습을 보는 것만으로도 괴로운지 민호 형은 마시던 컵을 내려놓고 화장실로 사라져 버렸다.

블러드허니는 아르바이트생이 원한다고 마음대로 마실 수 있는 음료가 아니었다. 블러드허니에 들어가는 재료만큼은 사장이 철저하게 관리했기 때문이다. 손님이든 직원이든 하루 한 잔 이상은 못 마시게 했다.

품질 좋은 최상의 적포도즙과 커피 원두를 완벽하게 관리하는 것이 사장의 일이었다. 적포도즙을 짜내는 기계와 원두를 로스팅하는 기계, 찻잎을 덖는 기계 모두 지하실에 있었다. 그래서 사장은 종일 지하실에 머물렀다. 그러다가 두 시간에 한 번씩 위로 올라와 자신에게 쏠리는 시선과 사진을 찍으려는 사람들의 핸드폰 세례를 견뎠다. 호리호리하다 못해 뼈가 도드라질 정도로 마른 사장의 몸매와 촉촉하고 고운 피부, 캣우먼을 떠올릴 만큼 몸매를 강조한 의상에 사람들은 감탄과 쑥덕거림을 멈추지 못했다. 숨이 막힐 정도로 몸에 딱 붙는 검정 가죽 옷차림의 사장은 묘한 분위기를 풍겼다. 나이대가 어떻게 되는지 짐작조차 되지 않았다.

나결은 지나치게 지하실에만 처박혀 있는 사장이 가끔 걱정되었다. 사람이 덜 몰리는 평일에는 그러지 않겠지 싶어 민호 형에게 물어보니 평일에도 지하실에만 있단다. 나결이 공부한 바에 따르면 햇빛은 사람 몸에 무척 중요하다. 햇빛을 받아야 비타민D를 합성할 수 있으니까. 물론 비타민D를 영양제로 챙겨 먹어도 되지만 피부로 햇빛을 받았을 때 자연스럽게 합성되는 비타민D가 몸에 훨씬 더 좋다고 배웠다. 그리고 아침 일찍 햇살을 보고 쬐어야 세로토닌과 멜라토닌 분비가 원활하다. 멜라토닌이 제때 잘 분비되면 밤에 숙면할 수 있다. 우울증 환자들에게 의사들이 처방하는 것도 햇빛 산책과 운동이라고 한다.

"오늘 햇살이 좋아요. 잠깐 산책 갔다 오세요."

알바를 시작하고 3주 차에 접어들었을 때 나결은 용기를 내 화장실에 갔다 오는 사장에게 말을 걸었다. 사장은 힘이 죄다 빠진 것 같은 특유의 나른한 목소리로 짧게 대꾸했다.

"자외선 싫어."

화학과 생물을 특히 좋아하지만 지구과학과 물리도 좋아하는 나결은 그 말이 무슨 뜻인지 바로 알아차렸다. 하긴 자외선은 피부 노화의 원인이고 피부 건강을 위해 자외선 차단제를 꼼꼼히 발라 줘야 하는 건 상식이니까. 그렇다 하더라도 햇빛을 피해 종일 지하실에만 있는 건 건강에 좋지 않을 것 같다. 지하실에 아무리 환기 시스템을 잘 갖추었다 하더라도 한계가 있다. 맞바람이 불도록 창문을 모두 열어 환기해야 건물 자재가 내뿜는 방사능 수치를 낮출 수 있고, 실내 공기도 깨끗하게 유지할 수 있으니까.

내가 만약 사장이라면……, 나결은 생각했다. 공간을 확장해 지하실에 있는 설비를 1층으로 올릴 것이다. 아니면 지하실에서 하는 일들을 맡길 수 있는 믿음직스러운 직원을 뽑고 사장인 나는 주문을 받고 매장을 관리하겠다. 그러면 손님이 더 많아질 것이다. 실제로 SNS에서 유명한 사장을 직접 보려고 줄까지 섰다가 사장이 없다는 사실을 알고 실망하는 손님이 한두 명이 아니었다.

아쉬운 점이 또 있었다. 과학자를 꿈꾸는 나결의 눈에 카페 블러드는 연구실과 흡사했다. 꽃 한 송이, 작은 화분 하나 없었다. 식물을 다양하게 키우는 플랜테리어가 유행이라는 것을 카페 사장이 모를 리는 없을 텐데 어째서 풀 한 포기 없을까. 식물을 싫어하거나 식물에 알레르기가 있는 사람일지도 모른다.

카페 블러드는 삭막 그 자체였다. 노출 콘크리트로 천장을 그대로 드러낸 반면 바닥과 벽면은 굉장히 비싸 보이는 대리석으로 마감했다. 노출된 천장과 단단한 대리석 때문에 모던하지만 차가운 느낌을 주었다. 카페에서 파는 주력 음료에 달맞이꽃차 같은 아기자기하고 정겨운 차가 있는 걸 생각하면 모순적인 인테리어였다.

어쨌거나 나결은 카페 블러드 주말 알바에 꽤 만족했다. 단지 돈 때문만은 아니었다. 블러드허니를 하루에 두 잔 이상 마실 수 있다는 것. 지금으로서는 그게 가장 중요했다.

첫 수사

하랑

기말고사가 몇 주 앞으로 다가왔다. 그래서 그런지 교실 안에는 팽팽한 긴장감이 돌았다. 공부에 목숨을 거는 애들은 물론이고 평소 공부에 관심이 없는 애들까지도 이번 시험의 중요성을 대충 알고 있었다. 지난 중간고사와 이번 기말고사 점수를 합산한 결과로 어떤 고등학교에 진학할지 결정될 테니까.

오랫동안 쌓아 온 독서력으로 국어와 사회는 기본이고 과학까지 곧잘 하는 소진과 달리 어떤 과목에서도 두각을 나타내지 못하는 하랑도 교과서를 펼쳤다. 분명 자기 글씨체로 필기가 되어 있는 걸 보면 진도를 나갔단 뜻일 텐데 처음 보는 단어와 문장들이 가득했다. 하랑은 어깻숨을 몰아쉬다가 손목에 머리를 괴었다.

과학 수업이 시작되었는데도 자꾸 잡생각이 들었다. 한 번 떠오른 생각은 꼬리에 꼬리를 물고 퍼져 나갔다. 하랑이 생각하기에 이거야말로 자신의 특기였다. 한 번 생각을 시작하면 끊임없이 이어 나갈 수 있다는 것. 어쩌면 그게 자신이 유일하게 잘하는 일일지도 몰랐다.

"한 마디로 크리스퍼란 제3세대 유전자 가위 기술입니다. 특정 유전자를 교정하거나 잘라 낼 수 있는데……."

과학 선생님의 개인 사정으로 수행 평가 기간이 조금 뒤로 밀렸다. 평소 생명 공학에 관심이 많은 하시원이 과제 보고서를 발표했다. 쟤는 말도 참 잘하는구나. 감탄을 좀 하다가 관심이 확 식었다. 발표 내용이 어려워서 오래 집중할 수 없었다. 하랑의 생각은 자꾸 다른 곳으로 이어졌다. 할머니 국수 국물의 시원함, 뜨거운 햇살 아래 길게 늘어선 줄, 섬뜩하게 검붉은 간판 글씨 그리고 하랑이 방문을 열자 황급히 이불을 정리하는 척 행동하던 엄마의 모습. 몇 가지 장면이 자꾸 눈앞에 어른거렸다.

"영국에서는 슈퍼 유전자를 조작해 '불임 모기'를 만들어 화제가 되었습니다. 자손을 낳지 못하게 하는 유전자를 넣어 말라리아를 박멸한다는 계획……."

그나저나 며칠 후면 하랑의 발표 차례였다. 엉성하기 짝이 없는 과학 수행 평가 과제물을 그대로 발표해도 되려나? 지금이라도 보고서를 새로 쓰거나 수정해야 할까? 아니면 수행 평가도, 기말고사도 이미 늦은 걸까? 한마디로 이번 생은 망한 걸까? 잡생각이 하랑의 머릿속에서 끝없이 이어졌다.

생각은 다른 곳으로 튀었다. 기말고사 준비와 수행 과제 둘 중 하나만 했으면 좋겠다. 두 가지를 동시에 준비하려면 얼마나 지치고 스트레스를 받는지 교육부 담당 공무원들은 알까. 지금 시점으로 중학생의 삶을 살아 본 적이 없으니 모를 것이다.

"발표 아주 훌륭하네요. 모두 박수!"

과학 선생님의 말에 하랑은 기계처럼 박수를 쳤다. 세상 참 불공평하다. 잘하는 게 하나도 없는 자신 같은 인간도 있고 하시원처럼 공부도 잘하고 말도 잘하는 인간도 있다. 김소진처럼 국어와 영어는 물론 글까지 잘 쓰는 인간도 있다. 하랑은 세상이 무너져라 한숨을 푹푹 내쉬었다.

쉬는 시간, 하랑은 소진의 자리로 가서 머리를 쥐어뜯었다. 뭣때문에 하랑이 그러는지 빤히 아는 소진은 영어 단어를 읊조리다가 하랑의 팔을 톡톡 건드렸다.

"지금 새로운 주제로 갈아타는 건 늦은 듯. 차라리 보완하는 게 어때?"

소진의 말이 맞았다. 아니, 세상 모든 일에 그랬다. 자기 빼고 나머지 사람들이 옳았다. 왜 자기 머릿속에는 중요한 생각 대신 자잘하고 쓸데없어 보이는 잡생각만 가득한지 욕지거리를 뱉고 싶지만 이제 와서 다른 뇌로 갈아 끼울 수도 없는 노릇이었다.

"하시원한테 물어봐야겠어."

"그럴래?"

소진은 허블 우주 망원경으로 유명한 과학자 에드윈 허블에 대한 연구 보고서를 썼고 하랑은 조선의 과학자 장영실을 선택했다. 역사 속 인물이니까 대충 자료 조사를 해서 짜깁기를 하면 되지 않을까 생각했는데 오산이었다. 장영실의 출생부터 과학적 업적까지 남아 있는 자료가 방대해 깜짝 놀랐다.

하랑은 발표가 끝나 홀가분한 표정으로 친구들과 수다를 떨고 있는 시원을 다짜고짜 찾아갔다.

"하시원, 나 좀 도와줄 수 있어?"

시원은 여유로운 미소를 흘리며 고개를 끄덕였다. 하랑은 허겁지겁 자리로 달려가 아직 미완성인 보고서를 가져와 건넸다.

"음, 시작부터 너무 중구난방이네."

중구난방은 또 뭔가. 공부를 잘하는 애들은 이게 문제다. 걸핏하면 한자어나 어려운 말을 쓴다. 쉽고 좋은 말을 놔두고 말이다. 시원은 하랑을 잠깐 보다가 소진처럼 친절하게 설명해 줬다.

"체계가 없다고. 핵심이 있으면 좋겠는데."

그러더니 시원은 하랑의 보고서를 읽어 내려갔다. 하랑이 보기에도 시원이 몰입해 보고서를 빠른 속도로 읽는 게 느껴졌다. 와, 대단하구나. 똑똑한 애들은 순간 집중력이 다르긴 다르구나. 하랑은 새삼 자기의 집중력이 얼마나 짧은지 또 한 번 깨달았다.

"키워드를 세종대왕으로 하는 거 어때?"

시원이 깔끔하면서도 단호한 목소리로 제안했다. 장영실에 대한 보고서인데 키워드를 세종대왕으로 하라니. 시원의 말이 선뜻 이해되지 않아 하랑은 고개를 갸웃거렸다.

"장영실의 생애와 업적을 죽 늘어놓으니까 지루해서. 세종대왕과 장영실의 관계를 중심으로 업적을 이야기하면 어떨까 싶어."

오호, 그런 뜻이었구나. 시원이 말하고자 하는 바의 핵심이 뭔지 대충 알 것 같았다.

"두 사람을 다룬 영화도 있을 거야. 그걸 오프닝에 소개하면서 영화와 실제 사실이 어떻게 같고 다른지 짚어도 재밌을 것 같은데?"

하랑은 진심으로 감탄했다. 어떤 방향으로 가야 할지 바로 감이 잡혔고 하시원이 조언해 준 대로 수정한다면 보고서와 발표가 좋아질 것도 빤히 보였다. 이름답게 참으로 시원시원한 애였다.

"무슨 말인지 알겠어. 완전 감사!"

하랑은 시원이 돌려준 보고서를 받아 들고 곧바로 소진에게 갔다. 시원이 제안한 아이디어를 미주알고주알 전했더니 소진은 입술을 쫑긋 모으고 말했다.

"물어보길 잘했네. 내 보고서도 봐 달라고 할까?"

"무슨 소리야. 네 거는 완벽하잖아."

"에이, 그런 게 어딨어."

원래 글을 잘 써서 소논문 대회는 물론이고 국어 수행 평가 과제에서도 두각을 나타내는 소진이었다. 다만 하랑은 소진에게 한 가지 아쉬운 것이 있었다. 그런데 그것마저도 좋았다. 사람이 단점 하나 없이 완벽하기만 하면 매력도가 뚝뚝 떨어진다. 사람이 아니라 로봇처럼 느껴지지 않을까?

첫 수사

"맞다. 오늘부터 수사 들어가. 기념비적인 1일."

하랑은 두 번째 손가락을 들어 올렸다. 하랑의 말을 찰떡같이 알아들은 소진은 비장한 얼굴로 고개를 크게 끄덕였다.

"어디부터?"

"엄마 방."

엄마가 왜 자신의 방에 자주 들어오는지 명확한 이유를 알아내고 싶었다. 소진이 말하는 바로 그 '근거'를 말이다.

집에 돌아온 하랑은 책상 위에 과학 과제 보고서를 내려놓았다. 오늘은 학원을 안 가는 날이니 하시원이 말한 방향으로 수정해 볼 생각이었다. 장영실과 세종대왕이 나온 영화 제목도 벌써 알아 두었다.

본격적으로 과제를 하기 전에 일단 국물부터 마시고 싶었다. 할머니 국수가 떠올랐지만 거기까지 갈 여유는 없었다. 국물 없이 못 사는 하랑은 냄비에 물을 올렸다. 집에 아무도 없는 걸 확인하곤 가장 좋아하는 라면을 찬장에서 꺼냈다. 벌써부터 입에 침이 고였다.

순식간에 라면을 먹어 치운 뒤 하랑은 아이스크림을 꺼내 입에 물고 엄마 방문을 노려봤다. 그동안 〈셜록〉 시리즈를 몇 번이나 보았는가. 마음을 다해 열렬히 좋아하면 조금이라도 닮아야 하는 거 아닌가. 셜록처럼 필요한 증거를 탁탁 잡아내 논리적으로 연결할 줄 안다면 얼마나 통쾌할까. 좋아하는 것과 잘하는 것이 다르면 슬프다. 아니, 비참하다. 이런 비참한 기분을 느끼는 사람이 이 세상에 나뿐인 건 아니겠지.

어쩌면 엄마가 왜 자꾸 방에 들어오고 나를 감시하는지 끝내 알아내지 못할지도 모른다. 소진과 시원이라면 알아냈을지도 모르는 비밀을 영원히 모를 수도 있겠지. 생각이 거기에 미치자 하랑은 과제를 수정할 의욕마저 싹 사라졌다.

아이스크림을 다 먹고 하랑은 엄마 방문 앞에 서서 제자리를 빙빙 돌았다. 그러다가 짧은 한숨을 내뱉으며 거실로 후퇴했다. 포기하지 않는다. 하랑이 잘하는 것이 하나 있다면 집요하게 생각하고 행동하는 거였다. 남들과 다른 차원의 집요함을 무기로 끝까지 물고 늘어지는 게 특기라면 특기였다.

엄마가 집에 없는 시간을 활용해야 했다. 고로 이 좋은 기회를 놓칠 수는 없었다. 하랑은 집에 누가 있기라도 한 듯 뒤꿈치를 들고 다시 엄마 방문으로 슬며시 다가갔다. 문손잡이를 잡자 심장이 두근거렸다.

문을 열고 안으로 들어가 엄마의 물건들을 하나하나 살펴봤다. 엄마의 화장대부터 노렸다. 화장대 위에는 에센스, 세럼, 수분 크림, 아이크림, 선크림, 비비크림, 컨실러, 펜슬 아이라이너, 아이섀도우 팔레트 등이 빽빽하게 들어차 있었다. 말 그대로 바늘 하나 들어갈 여유가 없을 정도였다. 하지만 특이 사항은 없었다.

이번에는 옷장이었다. 빼곡히 걸린 옷들에도 특이점은 없었다. 옷장 바닥에 곱게 놓여 있는 가방들을 하나씩 살펴봤다. 대부분은 텅 비었고 엄마가 자주 들지 않는 가방 안에는 종이 뭉치가 들어 있었다. 가방이 구겨지거나 형태를 잃을까 봐 넣어 둔 것 같았다.

그다음엔 서랍장을 살폈다. 들어찬 물건이 정연하면서 빽빽했다. 다만 맨 위에 있는 서랍은 엄마가 자주 쓰는 물건을 보관하는지 무질서하고 널널한 편이었다. 침대 옆 협탁 서랍은 두 칸이었다. 첫번째 칸에는 엄마가 자기 전에 바르는 립밤과 잘 때 쓰는 안대 그리고 침대에 누워 쉴 때마다 넣곤 하는 점안액이 있었다.

마지막으로 남은 서랍 손잡이를 잡으며 하랑은 깊은숨을 들이마셨다. 이대로 아무 증거도 찾아내지 못한다면? 어떤 수확도 거두지 못한 채 첫날의 수사를 마친다면? 하랑은 아랫입술을 지그시 깨물고 손잡이를 잡아당겼다. 협탁에 어울리지 않는 물건이 나왔다. 지퍼백이었다. 하랑은 천천히 지퍼백을 들어 올려 눈앞에 바짝 끌어당겼다.

지퍼백에는 누구의 것인지 알 수 없는 머리카락들과 손톱깎이, 하랑이 썼던 게 분명한 칫솔이 들어 있었다.

나결

민호 형이 안 나오는 일요일은 전쟁 같았다. 오후부터 손님들이 떼로 몰려드는데 일요일 오후에만 잠깐 일하는 임시 알바생은 손이 엉성해 실수를 거듭했다. 오후 세 시, 잠깐 매장에 올라온 사장에게 후다닥 달려가 나결은 지난주에 했던 말을 반복했다.

"일요일 알바생 언제 뽑아요?"

사장은 잠이 덜 깼는지 눈을 게슴츠레 뜨면서 무심한 목소리로 대답했다.

"아직 면접 중."

다음 주에도 저 나른한 목소리로 같은 대답을 하겠지. 일요일마다 이런 전쟁을 치를 수는 없었다. 몸에 남은 에너지를 모두 써 버리는 느낌이었다. 나결은 다음 주에도 같은 대답을 들으면 그만둔다고 으름장을 놓아야겠다고 혼자 조용히 결심했다.

바로 다음 손님이 들이닥쳤다.

"뭐로 드릴까요?"

"블러드허니요."

역시 가장 잘 팔리는 음료는 블러드허니였다. 물론 다른 음료들도 반응이 좋았다. 사장은 사람들이 뭘 좋아하는지, 어떻게 홍보해야 효과적인지 잘 알았다. 맨 처음 카페 블러드에 방문했을 때 나결의 눈길을 사로잡았던 것도 특이한 메뉴판이었다. 매장에 들어서면 입구 쪽에 화선지 같은 얇은 종이로 된 메뉴판이 쌓여 있었다. 손님들은 그걸 한 장씩 가지고 카운터로 왔다. 거기에 적힌 메뉴 이름과 설명이 이색적이었다.

◆카페 블러드의 오늘◆

당신을 젊고 똑똑하게 만들어 줄 블러드허니

첫 수사

명상을 백만 번 한 것처럼 마음의 평정심을 찾아 주는 달맞이꽃차

숨겨진 열정을 샅샅이 찾아내 활활 타오르게 해 줄 제주 화산우롱차

마신 후 처음 만나는 이성에게 사랑을 느끼게 해 주는 헤이즐넛라테

한 달 전 카페가 생겼을 때 오픈 기념 행사를 했다. 주력 음료인 블러드허니와 달맞이꽃차를 무료로 시식하기 위해 사람들이 몰려 들었다. 아빠와 시장을 가던 나결은 호기심 반, 사람한테 몸에 떠밀린 영향 반으로 얼떨결에 줄을 섰다. 그런데 준비한 음료가 똑 떨어져 아무것도 마시지 못했다.

며칠 후 주말, 나결은 뜻대로 공부가 잘 되지 않아 동네를 산책했다. 마침 배가 출출해 편의점에서 컵라면을 사 먹을까 하던 참이었다. 그때 오픈 행사를 마치고 정상 영업을 시작한 카페 블러드가 눈에 들어왔다. 나결은 자기도 모르는 사이에 카페 블러드의 피보다 진한 글씨에 이끌렸다.

다들 어릴 적에 수재 소리 한 번씩 듣기 마련이다. 나결은 그 말을 꾸준히 증명해 왔다. 초등학교 때부터 그랬다. 중 3 때는 성적이 최고점을 찍어 과학고나 외고를 가는 게 좋겠다는 말도 들었다. 연구소에서 일하는 아빠는 나결이 과학고로 진학하기를 은근히 바라는 눈치였다. 그렇지만 나결은 그냥 일반고를 선택했다. 전국에서 천재 소리를 듣고 자랐을 아이들과 일찍부터 경쟁하고 싶지 않았다. 비가 오든 눈이 오든 자기 페이스를 유지하는 마라토너처럼 꾸준히 공부해 성적을 관리했다.

그런데 지난번 중간고사를 준비할 때부터 뭔가 흔들렸다. 집중력도 예전 같지 않고, 학원에서 실시하는 모의고사 점수도 크게 떨어졌다. 복습 노트를 들여다본 후 하루에 두 과목을 공부하는 것이 나결의 원칙이었지만 집중력이 무너지니까 이십 분마다 다른 교재를 들춰 보았다. 그러다 보니 효율이 몇 배로 떨어졌다. 성적이 추락하는 건 불 보듯 뻔한 일이었다.

이것만으로도 머리가 터질 것처럼 복잡했는데 학교에서 곧 교내 과학 경시 대회를 연다고 했다. 중학교 때 나결은 연구소에서 일하는 아빠를 취재한 자료로 전국 청소년 소논문대회 최우수상을 받았다. 게다가 나결의 과학 성적이 좋다는 사실을 아는 과학 선생님이 나결을 볼 때마다 "기대한다." "화이팅!" 이런 말들을 아무렇지 않게 던져 부담 백배였다. 중간고사 준비와 경시 대회 준비가 겹쳐져 마음은 급한데 집중이 안 되니 진짜 죽을 맛이었다.

그렇게 벼랑 끝에 서 있던 나결에게 마법처럼 카페 블러드가 나타났다. 카페로 들어가 나결은 화선지보다 얇은 메뉴판 종이를 만졌다. 오픈한 지 얼마 안 돼서 그런지 직원들은 분주해 보였다. 카운터로 가자 어떤 음료를 주문하겠느냐고 직원이 물었고 나결은 얼결에 메뉴판 가장 위에 있는 블러드허니를 선택했다. 이름처럼 피 색깔을 닮은 음료를 들고 나결은 구석 자리에 앉았다. 설마 피는 아니겠지. 전혀 과학적이지 않은 생각을 하는 스스로를 꾸짖다가 나결은 블러드허니를 벌컥벌컥 마셨다.

맛. 있. 다.

천상의 맛이 이런 걸까. 매혹적인 맛이었다. 블러드허니를 마시자마자 심박수가 빨라지는 느낌이 들었고 음료가 혈관을 타고 발끝으로 퍼져 나가는 듯 짜릿했다. 온몸을 훑고 지나가는 강렬한 두근거림, 몸의 활력이 몇 배로 살아나는 듯한 생생함, 막혔던 머릿속이 뻥 뚫리는 듯한 시원함.

그날 저녁, 집으로 돌아온 나결은 다시 책상 앞에 앉았다. 오후에 목표로 했던 공부를 끝내지 못했으니 저녁 분량은 또 내일로 미뤄야 할 판이었다. 깊은 한숨을 내쉬며 경시 대회를 준비하기 위해 구입한 문제집을 펼쳤을 때 나결은 놀라운 경험을 했다. 하루 종일 끙끙대도 해내지 못했던 분량을 30분 만에 끝내 버린 것이다.

한 마디로 엄청난 몰입이었다. 한 번도 경험한 적 없는 경이로운 일이었다. 몰입이 준 집중력 덕분에 나결은 과학 문항 속으로 빨려 들어가는 듯했고 다른 차원의 멀티버스 속을 유유히 헤엄치는 기분이었다.

모든 일에는 원인이 있다고 믿는 나결이었다. 자신에게 일어난 일이 특별하다면 무슨 일이 있어도 원인을 찾아야 했다. 명확한 답을 찾을 때까지 나결은 밤을 꼴딱 지새울 생각이었다. 한동안 무겁게만 느껴지던 머리가 그 어느 때보다도 비상하게 굴러가고 있으니 알아내는데 시간이 오래 걸리지 않을 것 같았다. 부쩍 스마트하지 못한 자신이 낯설었는데 그날따라 유독 머리가 팽팽 돌아간다고 느꼈던 이유는 무엇일까. 예상대로 나결은 얼마 지나지 않아 해답을 찾아냈다.

블러드허니 때문이었다.

두뇌 회전이 몇 배로 향상되고 머리가 비상하게 돌아간 그날, 엄청난 몰입이 주는 쾌감을 경험했던 그날 나결이 특별히 한 행동은 딱 하나였다. 자신을 끌어당긴 카페 블러드 앞으로 저벅저벅 걸어 들어가서 여러 음료 중 블러드허니를 주문한 것. 그 음료를 단숨에 마셔 버린 것.

다음 날 나결은 카페 블러드를 다시 찾았다. 블러드허니를 한 잔 더 마셔야 했다. 자기에게 일어난 변화를 감지하고 시험하기 위해서였다. 아직 홍보 기간이라 반값에 블러드허니를 마실 수 있었다. 나결은 주저하지 않고 음료를 단숨에 들이켰다. 그러고 나서 집으로 곧장 달려가 책상 앞에 다시 앉았다.

놀라웠다. 평소 나결이 생각하는 자신의 두뇌 회전 속도가 시속 50킬로미터라면 몇 주 전부터 버벅거리던 두뇌 회전 속도는 시속 20킬로미터에 불과했다. 블러드허니를 마신 첫날 느낀 머리 회전 의 속도를 시속 70킬로미터라 말한다면, 연속으로 마신 날 나결 이 느낀 두뇌 회전 속도는 시속 90킬로미터에 육박했다. 어려운 문제도, 풀지 못할 것 같은 문제도 없었다. 나결은 문제와 문제 사 이를 가볍게 날아다녔다. 이런 상태를 유지할 수 있다면 과학 경 시 대회 입상은 물론이고 중간고사 성적도 한껏 끌어올릴 수 있을 터였다.

나결은 주저하지 않고 이 모든 변화를 블러드허니와 연결 지었다. 평소 남들보다 예민해서 작은 변화도 빨리 알아차리는 편이었으니까. 특히 자기 몸의 변화는 작은 거 하나라도 놀라울 정도로 재빨리 알아채는 편이었다.

어릴 적, 그네를 타다가 점프로 착지를 자주했는데 어린 나결은 직감으로 착지 거리를 알고 있었다. 어느 날 평소와 똑같이 뛰어내렸는데도 착지 거리가 늘었다는 사실을 깨달았다. 며칠 동안 여러 원인을 곰곰이 생각해 본 끝에 키가 컸기 때문이라는 결론에 닿았다. 나결은 엄마를 졸라 키를 재 달라고 했고 아니나 다를까 키가 훌쩍 자라 있었다.

이번에도 마찬가지였다. 나결은 자기 몸에 일어난 변화를 금세 알아차렸다. 그 원인까지도 한 방에. 그 후로 매일 블러드허니를 마시러 카페 블러드를 찾아갔다. 한 번에 서너 잔을 마시고 싶었는데 하루 한 잔밖에 주문할 수 없어 아쉬웠다. 나결은 어쩔 수 없이 소중한 블러드허니 한 잔을 천천히 마셨다. 몸이 허해 한약을 복용하는 환자처럼 눈을 질끈 감고 마지막 한 방울까지 남김없이 쪽쪽 흡입했다.

결과는 예상보다 더 좋았다. 몰입하는 힘은 점점 커졌고 공부가 훨씬 잘됐다. 전혀 기대하지 않았던 과학 경시 대회에서 장려상을 받았다.

나결은 카페 블러드의 얇은 메뉴판을 책상 위에 살포시 올려놓으며 결심했다. 이곳에서 알바를 하자. 하루 한 잔 이상의 블러드허니를 마시려면 그 수밖에 없다.

마침 주말 아르바이트를 뽑는다는 공고문이 붙어 있었다. 나결은 주저하지 않고 이력서를 넣었다. 알바를 하면 블러드허니를 마음껏 마실 수 있을 거라 생각했다. 하지만 실제로는 일이 너무 많아 음료를 마실 여유가 없었고 직원도 하루에 마실 수 있는 양이 제한적이었다.

나결은 메뉴판을 노려보며 입술을 지그시 깨물었다. 마시는 순간 강렬한 에너지를 주는 블러드허니. 나결의 두뇌 회전 속도를 몇 배로 끌어올리는 블러드허니. 주말마다 사람들이 몰려와 기나긴 줄을 서게 만드는, 한 번 맛을 보면 끊을 수 없는 중독성 강한 블러드허니.

이 음료에는 분명 비밀이 있다.

◇ **3**

현장

하랑은 식탁에서 과학 수행 평가 보고서를 고치는 척하며 엄마의 동태를 살폈다. 엄마는 평소와 다르지 않은 얼굴로 부엌에서 물을 마신 뒤 어깨 스트레칭을 했다. 그 습관 덕분에 엄마는 몸이 유연했다.

콧노래를 부르며 커피를 내리는 엄마의 모습을 하랑은 유심히 지켜봤다. 오늘도 엄마는 기분이 괜찮아 보였다. 늘 기분이 좋지 않거나 오락가락하기 일쑤인 엄마가 이렇게 꾸준히 좋은 상태를 유지한다는 거 자체가 평범하지 않은 일이었다. 엄마한테 무슨 일이 생긴 걸까. 어떤 질문을 던져야 엄마가 솔직히 고백할지 알 수 없어 하랑은 아득했다. 그렇게 하랑이 고민하고 있는데 엄마가 먼저 말을 걸었다.

“이모 부탁. 네가 갈래?”

엄마는 하랑에게 속옷이 담긴 종이봉투를 내밀었고, 하랑은 조금도 망설이지 않고 대답했다.

“응.”

집 앞에서 버스를 타고 경찰서로 향했다. 어둑해지기 직전 노을의 시간이었다. 하랑은 가슴이 부풀었다. 혼자 버스를 타는 것도, 한강 대교를 건너면서 노을을 바라보는 것도, 이모를 만나는 것도 다 하랑이 좋아하는 일이었다.

한 달에 한 번 엄마는 이모에게 필요한 새 속옷을 챙겨 주었다. 이모의 부탁인지 아니면 엄마가 스스로 원해서 하는 일인지는 알 수 없었다. 이모를 만날 때마다 엄마는 하랑을 데리고 갔다. 이모의 머리는 늘 짧았고 이모는 부스스한 모습으로 우리를 반겼다. 늘 뭔가에 홀린 것처럼 바쁜 사람이었다. 그럼에도 하랑은 그런 이모가 마냥 좋았다. 어린 눈에도 멋져 보였다.

하랑은 이모에게 경찰서 근처라고 메시지를 보냈다. 바쁜지 한참 동안 답장이 없었다. 하는 수 없이 하랑은 이모에게 전화를 걸었다. 이모는 전화도 받지 않았다. 어쩌지. 하랑이 입술을 툭 내밀며 뾰로통한 표정을 짓고 있는데 이모에게서 전화가 걸려 왔다.

“이모, 속옷 배달.”

“어. 이십 분 넘게 기다려야 해. 거기 가 있을래?”

“알았어요.”

이모를 만나러 경찰서에 올 때마다 자주 가는 햄버거 가게를 말하는 거였다. 하랑은 종이봉투를 유유히 흔들며 가게로 걸어갔다. 햄버거 세트도 사 달라고 해야지.

정확히 이십 분 후 이모가 모습을 드러냈다. 며칠 째 집에 들어가지 못했는지 행색은 초췌했고 얼굴도 피로에 찌들어 있었다. 그런데도 하랑은 이모의 얼굴에서 빛이 난다고 느꼈다. 그 빛을 뭐라고 설명해야 할지 떠오르는 단어가 없어 답답했다. 어휘력이 부족한 자신이 좀 한심하게 느껴지는 순간이었다.

"하랑, 어떻게 지냈어?"

이것도 좋았다. 이모는 만날 때마다 꼭 하랑이 어떻게 지내는지부터 물어봐 주었다.

"똑같죠 뭐."

"엄마는?"

하랑은 대답을 피했다. 순간 엄마 이야기를 꺼내고 싶은 마음이 불쑥 일렁였지만 참았다. 날름 대답하면 요즘 엄마가 얼마나 이상한지, 엄마 방에서 무엇을 발견했는지 낱낱이 고자질해 버릴 것 같았다. 이모를 만나자마자 엄마 뒷담화를 하고 싶지는 않았다.

"이번엔 무슨 사건이에요? 집에 못 들어갈 정도면 살인 사건?"

"일급비밀. 우리 햄버거 먹을까?"

하랑은 고개를 크게 끄덕였고 이모는 햄버거 세트 두 개를 주문했다. 햄버거를 우걱우걱 씹어 먹으면서 이모가 드문드문 말해 주는 지난 사건이나 경찰 동료들 이야기를 듣는 게 하랑은 좋았다. 이모는 지금 맡은 사건은 말하지 않았지만 이미 지나간 사건의 뒷이야기는 간혹 들려주었다. 그 이야기들을 귀담아 들었다가 집에 가서 관련 기사와 자료들을 찾아보는 것이 하랑의 취미였다. 하랑이 셜록 홈스 다음으로 좋아하는 사람이 바로 이모였다.

"이모, 위치 추적하는 거 구할 수 있어요?"

"응? 기승전결의 '결' 말고 '기'부터 말해 줘야지."

하랑은 감자튀김을 케첩에 푹 찍으며 오랫동안 굴리던 문장을 꺼냈다.

"요즘 엄마가 이상해요. 많이."

이모는 햄버거를 내려놓더니 콜라를 죽 들이켰다.

"지금 네 엄마 위치를 추적하겠다는 뜻?"

하랑은 고개를 까딱거렸다. 이모가 기가 막히다는 얼굴로 하랑을 건너다봤고 하랑은 엄마 이야기를 시작했다. 하랑의 말을 묵묵히 들어 주던 이모가 갑자기 끼어들었다.

"비싼 한약을 지른 거 말고는 이상한 점이 없는데?"

"자꾸 제 방에 들어와서 뭘 찾는다니까요."

"네 엄마 말대로 빨랫거리 찾는 걸 수도 있잖아."

"빨래할 거는 다용도실 빨래함에 넣는데 뭐 하러요. 한 달 전만 해도 내 방에 거의 안 들어왔어요."

"한 달 전에는 일주일에 몇 번 네 방에 들어왔는데?"

"한 번 정도요. 많아도 두 번."

"지금은?"

"거의 매일. 그보다 이상한 건 제가 없을 때 자꾸 제 방에 들어간다는 거예요."

"현장을 잡은 건 몇 번인데?"

'현장'이라는 말에 하랑은 정신이 번쩍 들었다. 엄마가 불순한 의도로 자기 방에 들어왔다면 내 방이 현장인 거구나. 형사만이 가질 수 있는 시각이었다.

"다섯 번도 넘어요."

"흠."

이모는 강력계 형사다. 엄마한테 전해 듣기로는 여자 형사가 많지 않았던 시절에 형사 일을 시작해서 겪지 않아도 되는 일을 많이 겪었단다. 그런데도 이모는 쉽게 꺾이지 않았고 여전히 반짝반짝 빛이 났다. 형사 일을 제대로 하고 싶어 심리학과 프로파일링 공부까지 했단다. 이모를 보면 자기 일을 진짜 좋아하는 게 느껴졌다.

"위치 추적기는 왜 필요한데?"

"제가 학교 간 사이 엄마가 어디 가는지 궁금해서요. 아침마다 차려입은 걸 보면 매일 외출하는 것 같거든요."

이모는 안주머니에서 수첩을 꺼내 뭔가를 휘리릭 적었다.

"학교를 안 가도 되면 미행이라도 했을 텐데."

"오, 안 들킬 자신은 있고?"

이모는 넉넉한 미소와 달리 꽤나 차가운 목소리로 이야기를 정리했다.

"좀 더 지켜보자. 네 엄마가 좀 엉뚱하잖니."

엄마가 가끔 얼마나 엉뚱한지 아는 사람은 이 지구상에 딱 세 명이다. 하랑과 아빠 그리고 이모. 엄마와 이모는 공통점이 하나도 없는 자매였다. 물론 자매나 형제가 꼭 닮아야 하는 건 아니지만 어찌 이리도 닮은 점이 없는지 신기할 정도였다. 엄마와 이모는 친하지도, 그렇다고 사이가 나쁘지도 않았는데 가끔 둘이 하랑의 눈앞에 동시에 있으면 두 눈을 끔벅거리며 번갈아 바라보게 된다. 그들이 자매라는 사실이 잘 믿기지 않기 때문이다.

"증거도 있어요."

하랑의 말에 이모의 두 눈이 커졌다. 하랑은 엄마의 협탁에서 발견한 지퍼백 사진을 이모에게 보여 주었다.

"엄마가 왜 이런 걸 모았을까요? 이상하죠?"

"흠, 유전자 검사 할 일이 있나?"

"유전자 검사요?"

"아, 그냥 해 본 말이야. 마음에 담아 두지 마."

이모는 몸집에 어울리지 않게 빠르게 손사래를 쳤다.

"어쨌든 위치 추척기는 줄 수 없다 이거죠?"

"그건 불가능."

"쳇, 형사 덕 좀 보려고 했더니."

"뭐? 요게 요게."

이모는 하랑의 앞머리를 손가락으로 흩뜨리며 호탕하게 웃었다. 곧 이모와 헤어져야 하는 시간이었다. 이모는 잠잘 시간이 부족할 만큼 바쁜 사람이니까. 경찰서까지 같이 걸어가 그곳에서 헤어지고 싶었지만 이모는 하랑이 경찰서 코앞까지 오는 걸 좋아하지 않았다. 그래서 매번 햄버거 가게 입구에서 이모와 헤어졌다. 이모는 종이봉투를 높이 올려 흔들었다.

"엄마한테 고맙다고 전해 줘."

"네. 근데 이모⋯⋯."

이모는 주머니에 손을 찔러 넣고 하랑을 내려다봤다.

"형사 된 거 후회한 적 없어요?"

하랑은 곧바로 후회했다. 다르게 물어볼걸. 형사 일 힘들지 않아요? 아니면 형사 되려면 공부 잘해야 해요? 체력은 얼마나 좋아야 해요?

이모는 어떻게 보면 쓸쓸해 보이고 어떻게 보면 득도한 듯 차분해 보이는 얼굴로 하랑을 지그시 바라봤다.

"후회한 적 있는데, 다시 태어나도 이거 하려고."

이모는 담담하게 뒤돌아섰다. 하랑은 길 건너편에 서서 이모가 경찰서로 들어가 보이지 않을 때까지 이모의 뒷모습을 바라봤다. 이모가 경찰서로 성큼성큼 걸어간 것인지 경찰서가 이모를 날름 삼켜 버린 건지 헷갈렸다. 나도 엄마를 닮아 엉뚱해지는 건가? 하랑은 머리를 흔들었다.

다시 버스를 타고 집으로 향하는 길에 하랑을 사로잡은 생각은 하나였다. 만약 이모가 내 엄마였다면 어땠을까? 수사에 빠져 집을 거의 돌보지 않는 엄마 때문에 애정 결핍에 시달렸을까? 아니면 큰일을 위해 가족은 항상 뒷전인 엄마를 이해하는 성숙한 애어

른으로 자랐을까? 그런데 문득 이모 말이 귓가에 스쳤다.

유전자 검사?

분명 이모 입에서 나온 단어는 그거였다. 어릴 적부터 하랑은 자기가 부모를 닮지 않았다는 사실을 잘 알았다. 동네 사람들은 하랑의 머리를 쓰다듬으며 "아빠도 엄마도 안 닮았네?"라는 말을 자주 했다. 하랑은 핸드폰 액정의 검은 화면에 자기 얼굴을 비쳤다. 역시 하나도 닮지 않았다. 그렇다면 난 입양아? 아니면 친아빠가 따로 있나? 내가 아빠 딸이 아니라는 사실을 눈치챈 엄마가 유전자 검사를 하기 위해 내 방을 들락거리고 내가 버린 칫솔을 모아 둔 거라면?

머리통이 울리면서 지끈거리기 시작했다.

나결

주말 알바를 시작한 뒤로 모든 것이 계획대로 흘러갔다. 그러다 며칠 전 나결은 다시 한번 미세한 변화를 감지했다. 분명 블러드허니를 마셨는데 머리가 잘 굴러가지 않았다. 블러드허니를 마시기 전으로 한 방에 돌아간 기분이었다.

나결은 이틀에 한 번 카페 블러드를 찾았다. 카페가 학원 근처에 있어서 시간이 많이 걸리지도 않았다. 이곳에서 주말에 일하는 알바생이라는 이유로 용량이 큰 텀블러에 블러드허니를 가득 받아 올 수 있었다. 그걸 그날과 다음 날 이틀에 걸쳐서 야금야금 나눠 먹었다. 주말에는 알바를 시작하면 한 잔이 기본이었고 알바가 끝나면 애매하게 남는 원재료로 반 잔 더, 운이 좋으면 사장이 남긴 음료까지 마실 수 있었다.

집중력이 약해졌다고 느낀 뒤로는 사람들이 빨대로 먹고 블러드허니를 남기면 그걸 텀블러에 챙겨 와 마셨다. 그렇게 최선을 다해 블러드허니를 마셨는데 왜 머리가 둔한 걸까? 왜 다시 시속 20킬로미터로 돌아간 거지?

원인은 중요하지 않았다. 나결에게 필요한 것은 해결책이었다.

평일 오후, 나결은 학원 가방을 챙겨 카페 블러드를 찾았다. 주말 알바생인데다가 워낙 자주 오니까 평일에만 일하는 직원도 나결을 잘 알았다. 카페에 들어설 때부터 나결은 목이 마르고 입이 탔지만 아무렇지 않은 듯 여유로운 얼굴로 직원과 인사를 나눴다.

"오늘도 블러드허니지?"

"네. 사장님은요?"

"잠깐 외출 중."

사장이 외출 중이라고? 주말에는 종일 지하실에만 있더니 평일에는 가끔 외출을 하는구나. 이건 기회다. 나결은 사장이 없는 틈을 타 뭐라도 해야겠다고 생각했다. 아주 짧은 시간에 직감이 내린 결정이었고 평소에도 자신의 직감을 신뢰하는 편이었다. 아주 미세한 변화까지 알아차리는 직감이기에 더 그랬다.

"형, 저 오늘 두 잔 마셔도 될까요?"

직원이 눈을 동그랗게 떴다.

"블러드허니를?"

"사장님도 없다면서요."

나결은 대놓고 한쪽 눈을 찡긋했다. 직원이 민호 형처럼 역겹다는 영어 단어를 지껄이며 헛구역질을 해 대면 어쩌나 걱정했는데 다행히 나결의 애교에 살짝 녹는 척해 주었다.

"너도 직원인 셈이니까. 대신 오늘만이다?"

"그럼요."

직원이 블러드허니를 만드는 틈을 타 나결은 화장실에 가는 척하면서 지하실 입구를 자세히 살폈다. 사장이 워낙 엄하게 경고해서 직원과 알바생 모두 지하실 입구에는 얼씬도 하지 않았다. 오늘 나결은 작정하고 지하실로 이어지는 계단을 조용히 내려갔다.

계단 끝에 커다란 철제문이 있었다. 문에 달린 도어락을 보니 생체 인식과 비밀번호를 동시에 넣어야만 했다. 보안이 생각보다 철저한데? 머릿속에 문장이 스쳐 지나갔다.

- 블러드허니에는 비밀이 있다.

- 그 비밀의 열쇠는 지하실에 있다.

- 지하실에는 사장만 드나들 수 있다.

- 블러드허니의 비밀을 아는 사람은 사장뿐이다.

떠오르는 문장들을 곱씹는 순간 뭔가 눈에 들어왔다. 나결은 철제문에서 조금 떨어진 오른쪽 구석으로 다가가 허리를 굽혔다. 카페 블러드의 메뉴판이었다. 손가락 끝으로 들어 올리자 얼룩덜룩한 자국이 보였다.

"이건?"

검붉은색의 얼룩을 자세히 보기 위해 나결은 메뉴판을 눈에 더 가까이 갖다 댔다. 적포도즙인지 핏자국인지 구분할 수 없었다. 곧장 나결의 직감이 발동했다. 나결은 얇은 메뉴판을 고이 접어 주머니에 넣었다.

"나결아, 블러드허니 나왔어."

직원이 목청 높여 외쳤다. 나결은 부랴부랴 계단을 올라 카운터로 뛰어갔다. 자신의 텀블러에 한 잔, 포장용 플라스틱 컵에 한 잔 총 두 잔의 블러드허니를 받아 들었다.

"수고해요, 형."

"그래."

나결은 학원까지 걸어가면서 블러드허니 두 잔을 단숨에 마셨다. 한 번에 이렇게 많은 양의 블러드허니를 마시는 건 처음이었다. 학원 수업을 듣는 동안 나결은 자신의 몸과 뇌에서 일어나는 변화에 집중했다. 역시나 머리가 다시 팽팽 돌아갔다. 시속 90킬로미터를 넘는 속도로 이론과 문제 사이를 질주하는 쾌감을 또 한 번 느꼈다.

그렇다면…….

지금의 두뇌 속도를 유지하려면 앞으로 더 많은 블러드허니를 마셔야 한다는 뜻인가? 그런데 매일 한 잔 이상의 블러드허니를 마시는 게 가능한가? 평일에도 주말처럼 한 잔 이상 마시려면 알바를 늘려야 하는데, 아직 고등학생인 나결에게는 어려웠다. 아니, 평일에 일하는 직원도 운이 좋은 날을 빼면 대부분 딱 한 잔만 마신다고 들었다. 그만큼 사장은 블러드허니의 원재료를 철저하게 관리했다.

왜 그렇게까지 할까? 거기에 사람들이 알면 안 되는 비밀이라도 있나?

나결은 일 분만에 속도 벡터를 구하는 문제를 풀고 나서 머릿속에 새로운 문장을 덧붙였다.

- 블러드허니에는 중독 현상이 있다.
- 계속 같은 효과를 보려면 두 배, 세 배, 네 배로 마셔야 한다는 뜻일까?
- 나 외에 다른 사람들에게도 일어나는 현상일까?

이튿날 나결은 학원 가방을 메고 다시 카페 블러드로 달려갔다. 사장이 외출하는 시간을 알아내고 싶었다. 평소 나결은 학원이 끝나고 카페에 갔는데 그때는 사장이 늘 있었다. 어제는 평소와 다른 시간에 카페를 찾았더니 사장이 외출 중이었다. 평일 오후에는 종종 자리를 비운다는 뜻이었다.

모퉁이를 돌면 카페가 있는 거리가 나온다. 무심코 코너를 돌았는데 좀 이상했다. 카페 앞에 대기 줄이 없었다. 그 대신 여자들

몇 명이 사장을 에워싸고 있었다.

나결은 곧바로 왔던 길로 돌아가 벽 뒤에 숨어 고개만 빠끔히 내밀었다. 주머니에서 핸드폰을 꺼내 카메라 앱을 열고 확대했다. 사장을 포위한 여자는 세 명이었다. 나결의 손가락이 자동으로 움직였다. 사진을 연속으로 몇 장 찍은 뒤 잽싸게 핸드폰을 주머니에 넣고 고개를 거두었다.

몇 분 후 다시 고개를 내밀자 카페 앞은 거짓말처럼 조용했다. 사장도, 사장을 에워싸던 여자들도 보이지 않았다. 핸드폰을 꺼내 사진이 잘 찍혔는지 확인했다. 사진 속 사장은 평소와 다르지 않게 무표정한 얼굴이었지만 짜증이 나는지 미간을 살짝 찌푸렸다. 나결은 직감적으로 느꼈다. 자신이 중요한 장면을 목격하고 찍었다는 사실을. 사장의 미간을 찌푸리게 할 정도라면 이 여자들은 사장이 무시할 수 없는 사람들이다. 웬만한 일에는 웃지도 화를 내지도 얼굴을 일그러뜨리지도 않는, 시큰둥함 그 자체인 사장을 곤란하게 만드는 여자들의 존재라니…….

- 여자들은 왜 한꺼번에 몰려왔을까? 여자들과 사장은 대체 어떤 관계일까?

나결은 천천히 카페 문을 열고 들어섰다. 목요일이라 민호 형이 다른 직원과 함께 근무 중이었다. 민호 형은 컵을 마른 행주로 닦으면서 괜히 시비를 걸었다.

"고딩, 너 요즘 뻔질나게 드나든다면서?"

그러거나 말거나 나결은 지하실 입구 쪽을 힐끔거렸다. 사장이 카페 안에 있는지 없는지 그게 궁금했다.

"Aren't you studying?"

이 형은 원래도 밥맛인데 영어를 쓸 때는 더했다. 남의 기분을 언짢게 하려고 영어를 쓰는 건 아닌지 의심이 들 정도였다. 이죽거리는 얼굴로 '너 공부는 안 하냐'라고 말하는 저 주둥이를 탁, 하고 때리고 싶은 마음을 참으며 나결은 민호 형 옆에 있는 직원에게 물었다.

"사장님은요?"

"아, 방금 나갔어."

직원이 대답했다. 옆에 있던 민호 형이 나결을 게슴츠레한 눈빛으로 째려봤다.

"맨날 말끝마다 사장님, 사장님. 너 사장님 좋아하냐?"

어휴, 저 입을 그냥. 솟구치는 분노를 가라앉히며 나결은 문제의 핵심에서 벗어나지 말자고 스스로를 달랬다.

"오늘도 블러드허니?"

직원의 상냥한 물음에 나결은 고개를 한 번 끄덕였다. 음료가 준비되는 동안 지하실 쪽으로 무작정 걸음을 옮기는 나결의 어깨를 민호 형이 확 붙잡았다.

"아까 너 못 봤지. 아주머니들이 사장한테 막 달려들었다니까."

민호 형의 '아주머니' 발음은 좀 어색했다.

“헐, 왜요?”

나결은 민호 형이 헤드록을 건 자세라 불편했지만 참았다. 지금은 대화를 이어 가는 게 먼저였다.

“그건 나도 모르지. 근데 그 사람들 자주 와.”

“주말엔 못 봤는데.”

“어, 평일에만 오는 regular지.”

단골이구나. 나결보다 키가 큰 민호 형의 팔 때문에 숨 쉬는 게 힘겨웠다. 나결은 급하게 물었다.

“단골이, 휴, 왜, 휴, 그랬을까요?”

“내가 알겠냐?”

나결은 숨을 쉬기 위해 형의 팔을 풀었다. 마침 직원이 블러드허니가 나온 걸 알렸다. 나결은 조용히 텀블러를 받아 카페를 나왔다. 조금 걷다가 몸을 돌려 카페 블러드 간판을 물끄러미 쳐다봤다. 이곳이 없었을 때와 지금, 블러드허니를 마시기 전과 지금, 이곳에서 주말 알바를 시작한 이전과 지금, 얼마나 많은 것들이 달라졌는지 생각했다.

학원까지 걸어가는 동안 나결의 머릿속은 점점 차분해졌다. 공부가 잘되고 성적이 오르는 것도 좋았지만 그보다도 하나에 몰입하는 순간이 좋았다. 몰두 자체가 주는 황홀함이 대단했다. 몰입은 영어로 ‘flow’다. 그 세계에 완전히 빠져들어 둥둥 떠다니는 기분. 블러드허니를 마시면 유속은 더 빨라졌고 나결의 몸은 세찬 속도로 물 위를 질주했다. 그 느낌이 진짜 짜릿했다. 게다가 블러드허니를 마시면 풀리지 않는 문제를 더 끈질기게 물고 늘어질 수 있었다. 평소 나결은 공부를 해치우는 속도에 비해 한 가지 문제를 파고드는 끈기가 부족했는데 블러드허니를 마시면 달랐다.

직접 경험해 보면 알 수 있다. 엄청나게 어려운 문제를 풀어내면 굉장한 희열이 온다. 머리가 팽팽 돌아가는 기분은 환상적이다. 다른 세계에 완전히 빠져 현실을 잊게 만드는 마법 같은 시간 속에서 나결은 기쁘고 즐거웠다. 더 몰입하고 싶고, 몰입이 주는 즐거움을 더 누리고 싶었다. 그러려면 더 많은 블러드허니가 필요했다. 지금의 결론은 그러했다.

팩트

어릴 적부터 하랑은 좀 집요했다. 장난감이나 인형을 잃어버리고 시간이 흐르면 잊을 만도 한데 그러지 않았다. 그 물건이 사라졌다는 사실을 잊지 않고 결국 나타날 때까지 주변을 뒤졌다.

이런 일도 있었다. 열린 창문을 통해 타는 냄새가 들어왔다. 부엌 쪽에서 유난히 심하게 나는 걸 보면 누군가 가스레인지 위에 뭘 올려 두고 까먹은 것 같았다. 하랑은 바로 아파트 관리실에 연락해 연기가 나는 걸 알리고 복도로 나갔다. 바로 아래층으로 내려가 각 집 현관 앞에서 쿵쿵거리며 냄새를 맡았다. 그러다가 하랑의 집 두 층 아래에서 매캐한 냄새를 맡았다. 하랑은 곧바로 관리실 직원에게 층수를 알렸고 직원은 그 집 현관문을 두드렸다. 열린 문 사이로 머리가 희끗희끗한 할머니가 모습을 드러냈다. 직원의 말에 할머니는 "아이고."를 연거푸 외치며 부엌으로 달려갔다. 가스레인지 위에는 바싹 타 버려 새까매진 냄비가 있었다.

수학 학원의 쉬는 시간, 근처 편의점에서 할인하는 샌드위치를 허겁지겁 먹고 있는데 슬픔이 잔뜩 묻은 목소리로 소진이 말했다.

"아, 국수 먹고 싶다."

그렇지 않아도 하랑 역시 할머니 국수를 생각하고 있던 참이었다. 학원에서 들은 수업이 채 소화되지 않은 상태였다. 학교에서의 진도보다 몇 걸음 앞서 나가는 학원 수업이 하랑에게는 늘 버겁고 어려웠다. 그냥 학원을 다니지 않고 학교 수업에만 집중하고 싶다고 말했지만 엄마는 고집을 꺾지 않았다. 수학만큼은 지금 잡아 두어야 한다고 강하게 어필했다. 학원 수업이 많은 날은 할머니 국수를 먹으러 갈 짬이 나지 않았다. 할머니 국수의 뜨거운 국물을 한입 마시면 메슥거리는 속이 싹 가라앉을 텐데.

"뭐, 칫솔?"

바나나우유를 하나씩 들고 학원으로 돌아가는 길에 하랑은 소진에게 경과 보고를 했다.

"이모가 유전자 검사라는 단어를 꺼냈다니까."

하랑의 말에 소진은 심각해졌다. 머릿속이 복잡해 바나나우유 맛을 전혀 모르는 듯한 얼굴이었다.

"소진아."

"응. 듣고 있어."

“나, 입양된 걸까?”

소진이 물고 있던 빨대를 스르륵 뺐다.

“아님 엄마가 아빠 몰래 바람피운 걸까?”

엄마는 자궁이 약해 임신이 어려웠다고 했다. 그런 상황에서 아이를 꼭 키우고 싶었다면 입양했을 수도 있다. 만에 하나라도 그게 사실이라면 아빠와 엄마는 내가 자기들 친딸이 아니라는 걸 이미 알고 있을 텐데 이제 와서 유전자 검사를 하는 이유는 뭘까. 나의 친모 즉 생물학적 생모가 나타나 이상한 요구를 하기 시작했다면? 그 사람이 진짜 생모가 맞는지 확인해야 하는 절차에 맞닥뜨렸다면?

하랑은 다 먹은 우유갑을 쓰레기통에 휙 던져 넣으며 머리를 흔들었다. 집요하게 이어지는 생각들에 신물이 올라왔다. 아무래도 요즘 웹드라마를 너무 많이 봤나 보다.

“너 너무 멀리 갔어.”

소진이 작은 목소리로 속삭였다. 엘리베이터 앞에 아이들이 몰려 있었다. 하랑과 소진은 비상구 문을 열고 계단을 올랐다.

“그런데 너도 알잖아. 엄마 아빠랑 나는 닮은 데가 하나도 없어.”

외모는 물론이고 성격과 식성, 취향까지 하랑은 부모와 닮은 점이 없었다. 국물을 좋아하는 하랑의 식성은 오히려 이모를 닮았고 성격은 누구를 닮았는지 오리무중이었다.

엄마의 완경은 남들에 비해 좀 빨랐고 완경 후 엄마는 뱃살이 나오기 시작했다. 그 전보다 운동 시간을 두 배로 늘렸지만 소용

없었다. 불뚝 튀어나온 뱃살을 엄마는 도저히 받아들이지 못해 몇 번의 지방 흡입 수술을 받았다. 문제는 살의 탄성이었다. 흡입 수술로 지방을 빼내자 안에 품어야 할 것이 사라진 피부는 축 늘어져 버렸다. 그 때문인지 엄마는 자주 얼굴을 찡그리며 짜증을 내거나 우울해했다. 늘어진 몸을 숨기려고 살을 단단하게 쪼여 주는 보정 속옷을 입고 다녔다.

엄마는 대단한 미인이었다. 엄마가 곱게 화장을 하고 몸에 잘 맞는 원피스를 입고 외출하면 길 가던 사람들이 힐끔거릴 정도였다. 하랑이 보기에 엄마는 충분히 아름다웠다. 하지만 엄마의 생각은 달랐다. 젊고 탄력이 넘치던 시절과 지금의 자신을 끊임없이 비교하며 괴로워했다. 그런 엄마가 하랑은 이해되지 않았다.

"그런 사람 꽤 많아. 아빠만 닮거나 엄마만 닮거나. 양쪽을 고루 닮은 사람만 있는 건 아니니까."

"난 둘 다 안 닮았다니까."

"할아버지나 할머니를 닮은 거 아니야? 그런 사람들도 많대."

소진이 하는 말의 의도를 하랑도 알아차렸다. 그렇게 말해 주는 소진이 고마웠지만 이상하게 위로가 되지 않았다. 이제 하랑은 자기 앞에 던져진 사실들을 무시하기 어려웠다. 엄마는 요즘 짜증을 내거나 우울해하지 않는다. 대신 콧노래를 자주 부르고 하랑의 방을 들락거린다. 그때 문자 알림음이 울렸다.

통화 가능?

이모였다. 하랑은 바로 이모에게 전화를 걸었고 이모도 곧바로 전화를 받았다.

"하랑, 내가 뭘 좀 알아봤는데……."

하랑은 침을 꼴깍 삼켰고 이모는 뜸을 들였다. 벽과 벽이 만나는 코너에 몸을 바짝 붙여 통화를 하는 하랑 앞으로 소진이 살짝 다가왔다.

"이걸 말해 줘야 할지 말지 잘 모르겠는데……."

"뭔데요? 그냥 말해 줘요."

하랑의 목소리는 다급하고 절박했다. 처음 듣는 자신의 목소리에 스스로도 약간 당황했지만 지금 중요한 건 그게 아니었다.

"네 엄마가 너 없는 동안 어디에 자주 가는지 알아냈어. 너무 평범해서 별로 도움이 안 될 것 같긴 하지만……."

"거기가 어딘데요?"

하랑의 머릿속이 빠르게 돌아갔다. 이모 입에서 어떤 단어가 튀어나올지 미리 예상지를 작성해 봤다. 필라테스 학원, 피부과, 성형외과, 백화점, 단식원. 하랑이 예상하는 곳은 이 정도였다.

"카페 블러드 아니?"

"카페요?"

"왜 예전에 네가 나 데리고 간 국숫집 있잖아. 유부랑 고춧가루 팍팍 들어간."

"할머니 국수요?"

"그래. 그 국숫집 바로 앞에 있는 카페에 네 엄마가 자주 가. 거의 매일."

하랑의 머릿속에 블러드 간판이 떡하니 떠올랐다. 글씨 색깔이 검붉어서 섬뜩하다고 생각했던 곳. 얼핏 살펴본 내부가 살벌하게 깨끗하고 모던했던 곳. 할머니 국수를 먹으러 가는 주말마다 길게 이어진 대기 줄이 있어 힐끔거렸던 곳.

이모는 걱정하지 말라는 말만 남기고 황급히 전화를 끊었다.

"우리 수업 끝나고 가 보자."

소진이 늠름하면서도 비장한 목소리로 그렇게 말해 줘서 하랑은 고마웠다. 이어진 저녁 수업에 집중하는 일은 불가능했다. 하랑은 꼬리에 꼬리를 물고 이어지는 잡생각에 집중했고 수업 내용에 집중하는 소진을 잠깐씩 힐끔거리며 시간이 얼른 지나가기만을 바랐다.

수업이 끝나고 아이들이 우르르 건물 밖으로 몰려나갔다. 하랑은 소진과 함께 할머니 국숫집으로 걸어갔다. 밤인데도 기온은 전혀 내려가지 않아 후덥지근했다. 커다랗고 낯선 벌레들이 건물 유리창에 다닥다닥 붙어 있어 징그러웠다. 과학 선생님 말대로 진짜 지구 기온이 미쳐 가는 모양이었다.

카페 블러드에 도착했다. 평일 밤인데도 카페는 사람들로 북적였다. 소진이 메뉴판을 집어 들어 하랑에게 내밀었다.

"뭐 먹을래?"

하랑은 명상을 백만 번 한 것처럼 마음의 평정심을 찾아 주는 달맞이꽃차를 주문했다. 소진은 마신 뒤 처음 만나는 이성에게 사랑을 느끼게 해 준다는 헤이즐넛라테를 선택했다. 소진이 주문하는 동안 하랑은 찬찬히 매장을 둘러보았다. 평범한 카페였다. 특별히 이상하거나 눈에 띄는 점은 없었다. 때마침 음료가 나왔다. 하랑과 소진은 천천히 음미했다. 예상보다 맛이 더 좋고 이색적이었다. 그래서 사람들이 몰려드는 거구나. 엄마가 왜 이곳을 자주 찾는지 알 것 같았다.

카페를 나서려는데 소진이 어떤 남자와 부딪혔다. 남자는 재빨리 "죄송합니다."라고 사과하며 팔을 뻗었지만 소진은 금세 균형을 잡았다. 남자는 할 일이 없어진 팔을 잽싸게 거두며 고개를 깊이 숙여 다시 한번 사과를 전했다. 그때 소진이 남자의 얼굴에 고개를 들이밀었다.

"나결…… 선배?"

허둥지둥 카페에 들어가려던 남자는 소진의 목소리에 우뚝 멈춰 섰다. 남자와 소진이 눈을 마주쳤다.

"아, 소진이구나."

소진이 하랑과 남자를 번갈아 보며 말했다.

"아, 여긴 제 찐친 하랑이고 이쪽은 과학 동아리 같이 했던 주나결 선배."

하랑은 대충 고개 숙여 의례적인 인사를 던졌고 나결은 다급히 마지막 말을 남겼다.

"나 여기서 주말 알바 하니까 놀러 와. 지금은 좀 바빠서 이만 실례."

나결 선배가 카페 문을 열고 안으로 들어가자 소진은 가슴에
한 손을 올리며 중얼거렸다.

"대박. 그 메뉴판 진짠가 봐."

소진의 말뜻을 알아차리지 못하고 하랑이 두 눈을 끔벅였다. 그
러자 소진은 그 어느 때보다도 활짝 웃으며 하랑의 손을 잡았다.

"마신 후 처음 만나는 이성에게 사랑을 느끼는 헤이즐넛라테,
죽이네."

소진의 목소리는 꿈에 젖은 듯 몽롱하고 따스했다. 초여름 밤
인데도 대지는 한낮의 뜨거운 열기를 품고 있었다. 오늘따라 처음
보는 미소와 목소리로 무장해 낯설기만 한 소진을 보며 하랑은 더
운 숨을 내쉬었다.

나결

나결에게 필요한 것은 더 많은 블러드허니였다. 하지만 사장이
매일 두 잔씩 먹도록 허락해 줄 것 같지 않았다. 손님에게도 하루
한 잔까지라며 매몰차게 거절하는 모습을 보았기 때문이다. 고민
끝에 나결은 사장의 약점을 알아내 블러드허니와 거래하기로 마
음먹었다. 다시 나결의 직감이 발동했다. 사장을 에워싼 여자들.
여자들의 존재 자체가 사장의 약점인지, 아니면 여자들이 사장의
약점을 아는 건지 알 수 없었지만 나결의 본능은 이미 알았다. 여

자들을 파헤치다 보면 사장과 카페 블러드의 비밀에 닿을 수 있으리라는 것을.

문제는 시간이었다. 나결은 주말에만 알바를 했고 평일은 학교와 학원을 오가느라 바빴다. 그런데 여자들은 평일에만 모습을 드러내는 듯했다. 그 말은 사장의 비밀을 알아내려면 평일에 자주 카페 주변을 어슬렁거려야 한다는 뜻인데 그럴 틈이 없었다. 곧 기말고사였고 공부만 하기에도 시간은 턱없이 부족했다.

가뜩이나 정신없는 나결에게 일이 하나 더 생겼다. 우연히 마주친 소진이 토요일에 카페를 찾아왔다. 문제집을 가지고 와 종일 죽치고 앉아 있다가 나결이 퇴근할 무렵 다가와 말을 걸었다. 요즘도 과학을 좋아하는지, 기말고사 준비는 잘 돼가는지, 알바를 꼭 해야 하는지, 내일은 몇 시부터 알바인지 꼬치꼬치 여러 가지를 묻고 또 물었는데 굉장히 성가셨다.

일요일에도 어김없이 소진이 나타났다. 그것도 친구 하랑과 함께. 잠깐이라도 틈이 나면 화장실을 가는 척하다가 지하실에 들러 도어락 사진을 찍으려고 계획 중인 나결에게 소진과 하랑의 등장은 전혀 반갑지 않았다.

"선배, 나 아직 블러드허니 안 마셨는데 그렇게 맛있어요?"

나결이 기억하는 소진은 영리하고 똑 부러진 친구였다. 그런데 다시 만난 소진이 던지는 질문들은 하나같이 목적도 의미도 없어 보였다. 괴롭히려는 건가? 중학교 때 같이 동아리 활동하면서 내가 뭐 실수한 게 있나? 소진의 진짜 의도를 알 수 없어 괴로웠다.

이상하게도 소진과 관련된 일에는 나결의 직감이 작동하지 않아 더 답답했다.

"맛 괜찮아. 우리 카페 인기 음료잖아."

소진의 몸이 카운터 너머로 쭉 솟아올랐다. 까치발을 든 모양이었다.

"근데 왜 하루 한 잔밖에 못 마셔요?"

검색해 보면 블로그에 이미 다 알려진 사실을 물어보는 소진 때문에 한숨이 나오려는 순간 하랑이 끼어들었다.

"저기, 물어볼 게 있는데요."

그러더니 하랑은 핸드폰을 카운터 너머로 쭉 내밀었다.

"이 사람 주말에도 온 적 있어요?"

나결은 하랑이 내민 핸드폰을 내려다봤다. 곱게 화장을 한 여자 사진이었다. 여자는 한눈에 보기에도 하랑과 별로 닮지 않았다.

"내가 사람 얼굴을 잘 기억 못해서."

"주말에만 일하시는 거죠? 평일에도 일하는 직원은 없나요?"

"지금은 없어. 다음 주 토요일에 와 볼래?"

알겠다며 뒤돌아서는 하랑을 바라보는데 나결의 머릿속으로 번뜩 이미지가 스쳐 지나갔다. 사장을 둘러싼 여자들 사진에서 하랑이 말한 여자를 본 것 같았다. 나결은 물에 젖은 두 손을 행주에 닦고 주머니에서 핸드폰을 꺼냈다. 그날 찍은 사진을 열어 최대한 확대했다.

추측이 맞았다.

팩트

핸드폰을 다시 주머니에 넣으며 나결은 하랑의 뒷모습을 눈으로 좇았다. 소진과 하랑이 어제 앉았던 자리에 마주 보고 앉아 이야기를 나누고 있었다. 여자에 대해 물어보고 싶은데 카페 일과 중엔 도무지 틈이 안 났다. 마감 때까지 하랑이 소진과 함께 있으려나. 나결은 일하는 틈틈이 하랑이 있는 곳을 힐끔거렸고 그때마다 눈이 마주친 소진은 수줍은 미소를 지으며 손을 작게 흔들었다.

다행히 하랑은 소진 곁을 오래 지켰다. 이 기회를 놓칠 수 없어 나결은 소진과 하랑에게 먼저 다가갔다.

"잠깐 얘기 좀 할 수 있니?"

"그럼요."

소진이 발랄하게 대꾸했고 하랑도 고개를 크게 끄덕였다.

"마감을 다른 직원한테 부탁해도 시간이 꽤 늦을 것 같은데. 부모님이 걱정하시는 거 아니니?"

"선배, 우리 집까지 데려다줄 수 있죠?"

"그럼."

"전 콜이에요. 하랑이 넌?"

"저도 괜찮아요."

나결이 마감하는 동안 소진과 하랑은 건너편에 있는 할머니 국숫집에 있겠단다. 그 말을 듣고 나결은 되물었다.

"할머니 국수?"

이번에도 하랑이 끼어들었다.

"거기 간판 없잖아."

소진은 그제야 "아하!" 했고 하랑이 고개를 절레절레 흔들며 덧붙였다.

"푸름 과일 옆 식당에 있을게요."

나결은 카페 청소와 정산을 다른 직원에게 부탁한 뒤 카페를 빠져나왔다. 오늘만 좀 일찍 퇴근하겠다는 말에 사장은 가냘픈 목소리로 수고했다고 말하며 나결을 배웅했다. 나결은 다시 지하실로 돌아가는 사장의 뒷모습을 잠시 노려보았다.

할머니 국숫집에 들어서니 소진이 손을 들어 반겼다.

"선배, 국수 먹을래요? 여기 국수 끝내줘요."

소진이 밝게 미소 지으며 말했다.

"그러자."

국수가 나오자 하랑과 소진은 물론이고 나결까지 면발을 빨아들였다. 자기도 모르는 사이 허기졌던 건지 나결은 허겁지겁 국수한 그릇을 비웠다. 국수 가게는 카페 블러드만큼 사람이 많았다. 왁자지껄 이야기를 나누며 국수를 먹는 소란스러운 분위기라 어떤 이야기를 해도 괜찮을 것 같았다.

"물어볼 게 있는데."

하랑과 소진이 동시에 나결을 바라보았다.

"아까 보여 준 사진 누구야?"

하랑이 새침하게 눈을 흘기며 대꾸했다.

"그건 왜요?"

나결은 잠깐 고민했다. 시험이 2주 앞으로 다가왔다. 더 많은 양의 블러드허니만 마실 수 있다면 반 1등은 물론이고 전교 10등도 가능할 것 같았다. 하지만 하랑과 소진에게 어디까지 솔직해야 하는지 알 수 없었다. 자기가 찾아낸 것들은 말 그대로 직감일 뿐 정확한 근거는 그 어디에도 없었다.

그때 하랑이 심드렁하게 말했다.

"엄마예요."

하랑은 테이블에 팔꿈치를 대고 턱을 괴더니 말을 이었다.

"저 카페에서 파는 음료, 좀 이상해요."

나결의 두 눈동자가 휘둥그레졌다.

"뭔가 비밀이 있는 게 확실해요."

"근거 있니?"

착각이었을까. '근거'라는 단어에 소진이 환히 웃었다.

"그거 마시고 엄마가 이상해졌거든요."

나결의 직감이 두 갈래로 나뉘어 치열하게 다투기 시작했다.

'이 애를 믿고 비밀을 공유해. 함께 힘을 합치면 훨씬 더 빨리 원하는 걸 얻을 수 있어.'

'안 돼. 사장의 약점을 잡고 내가 얻으려고 하는 게 무엇인지 알면 쟤들은 실망할 거야. 나를 도운 사실을 후회하거나.'

나결은 일단 사실만 공유하기로 했다.

"카페 앞에서 네 엄마를 본 적 있어."

나결은 입술을 굳게 다문 채 핸드폰을 꺼내 하랑 앞으로 내밀었다. 생각과는 다른 무의식적인 행동이었고 어떤 판단을 내리기도 전에 몸부터 움직였다.

"여자들이 사장을 에워싸더니 언성을 높였어."

하랑은 나결의 핸드폰 속 사진을 오래도록 쳐다보았다.

"우리 엄마 맞아요."

하랑은 핸드폰을 다시 나결 쪽으로 내밀며 물었다.

"뭣 때문에 싸웠대요?"

"그건 몰라."

하랑은 작게 한숨을 내쉬었고 나결은 컵에 남은 물을 들이켰다.

"솔직히 말할게. 나는 이분들이 사장과 어떤 일로 다퉜는지 알고 싶어. 사장을 곤란하게 할 수 있는 걸 찾고 있거든."

"와 씨, 사장이 월급 떼먹은 거죠?"

소진이 나결을 따라 물을 입에 털어 넣었다.

"그건 아닌데, 하여튼 사장을 압박하고 싶어. 나도 여기에서 파는 음료에 비밀이 있다고 생각하거든."

하랑은 물컵을 매만지며 골똘히 생각에 잠겼다. 그걸 방해하고 싶지 않았지만 나결은 질문을 던져야만 했다.

"나도 하나 알아야겠어. 네가 원하는 건 뭐니?"

하랑은 물컵을 테이블 위에 가만히 올려 두었다. 나결이 던진 질문이 어려웠는지 하랑은 쉽게 대답하지 못했다. 하지만 잠시 뒤 고개를 빳빳이 들어 올리며 단호하게 말했다.

"제가 알고 싶은 건, 엄마가 저한테 원하는 게 뭔지 알아내는 거예요."

5

약점

<u>하랑</u>

카페 블러드에서 음료를 마신 뒤 하랑은 끈질기게 카페와 음료를 생각했다. 여러 상황과 사실들을 어떻게든 이어 보려고 안간힘을 다했다. 엄마만큼이나 그 카페도 이상했으니까.

소진은 마신 뒤 처음 만나는 이성에게 사랑을 느끼게 해 준다는 헤이즐넛라테를 마시고 정말 사랑에 빠졌다. 하랑은 명상을 백만 번 한 것처럼 마음의 평정심을 찾아 주는 달맞이꽃차를 마신 날 심장이 느리게 뛰는 경험을 처음으로 했다. 그날 밤 하랑은 꿈도 꾸지 않고 깊은 잠을 잤는데 평소 이상하고 기괴한 꿈을 많이 꾸는 패턴을 생각해 볼 때 역시나 기이한 일이었다.

지금 하랑에게 이상한 사람은 엄마만으로도 충분히 벅찬데 그날 이후 소진은 완전히 다른 사람이 되었다. 원래 시험을 앞두었을 때는 단단히 마음먹고 오로지 공부에만 집중해야 한다며 핸드폰 알림을 무음으로 해 놓고 자주 확인하지도 않던 애가 지금은 다음 주말에도 카페에 같이 가자고 졸라 댔다.

"카페는 시끄러워서 공부 잘 안 된다며."

"익숙해지니까 괜찮던데?"

거짓말이었다. 소진은 카페에서 거의 공부를 하지 않았다. 카운터에서 바쁘게 일하는 선배 얼굴을 훔쳐보느라 바빴다. 하랑이 보기에 지금 소진은 시험 따위는 안중에도 없는 사람처럼 행동했다.

"그 선배는 네 이상형이랑 거리가 멀지 않아?"

하랑이 알고 있는 소진의 이상형은 노래와 악기 연주를 잘하는 사람이었다. 그런데 지금 소진은 완전히 다른 소리를 했다.

"그건 모르겠고 확실히 멋있어졌어. 키도 더 크고 목소리도 멋져지고."

몇 년 전 나결의 모습을 궁금해하다가 하랑은 그 어느 때보다도 사랑스러운 소진의 얼굴을 물끄러미 봤다. 나결을 만나기 전 소진에게 과학 동아리 이야기를 들은 건 딱 한 번이었다. 동아리 활동을 하면서 자신이 생각보다 과학을 좋아하지 않는다는 사실을 깨닫고 진로를 다시 고민했다는 이야기였다.

"저 얼굴이랑 분위기랑 안경 너무 잘 어울리지 않니? 아, 난 지적이고 똑똑한 남자가 좋더라."

하랑은 그 선배가 지적인 게 사실이라면 함께 과학 동아리를 할 때 왜 사랑에 빠지지 않았느냐고, 과거에도 지금처럼 똑똑한 사람 아니었느냐고 따져 묻고 싶었다. 하지만 그 마음을 간신히 참았다. 이 중차대한 순간에 소진과 척을 질 수는 없으니 무조건 참아야 했다. 그것이 다음 토요일, 하랑이 소진에게 순순히 이끌려 카페에 온 까닭이었다. 이럴 때 달맞이꽃차를 한 잔 마시면 마음이 착 가라앉고 편안해질 것 같아 하랑은 카운터로 가서 달맞이꽃차를 주문했다.

소진의 별명은 AI였다. 그만큼 소진은 이성과 논리로 무장한 애였다. 감성적인 낭만과는 거리가 멀었다. 그 부분이 아쉬울 때도 있었지만 그래도 하랑은 논리적이고 이성적인 소진이 좋았다. 그런데 그런 소진이 헤이즐넛라떼 한 잔으로 뒤바뀌다니!

어떤 일에든 근거와 이유부터 찾는 소진이야말로 한 치 앞을 알 수 없는 격랑을 헤쳐 나가야 하는 하랑에게 가장 든든한 지원군이었고 지금 하랑에게는 예전의 소진이 필요했다.

하랑은 과거의 소진이 몹시 그리웠지만 그러거나 말거나 소진은 굉장히 행복해 보였다. 신기하게도 달라진 자기 자신을 낯설어하지도 않았다. 소진은 그 어떤 논리적인 이유 없이 주말마다 카페를 찾았다. 시험 성적을 중요하게 생각하는 소진은 증발해 버리고 사랑에 빠져 맹목적으로 행동하는 소진만 남았다. 이 낯선 사실을 쉽게 받아들일 수 없는 사람은 하랑이었다. 엄마에 이어 소진까지 빼앗아 가는 것 같아 어쩐지 분했는데 자기가 분함을 느끼는 대상이 카페인지 카페 사장인지 나결 선배인지 헷갈렸다.

어쨌거나 이 모든 게 그 망할 헤이즐넛라떼 때문이었다. 하랑은 진심으로 그렇게 생각했다.

소진이 선배를 바라보느라 정신없는 사이 하랑은 메뉴판을 다시 들여다보았다.

당신을 젊고 똑똑하게 만들어 줄 블러드허니

첫 예상이 틀렸다. 이 카페는 평범하지 않다. 카페의 음료들에 비밀이 있다. 소진을 봐라. 저 이성적인 아이를 한 방에 무너뜨린 것을.

그렇다면 엄마는? 만약 엄마가 이 카페에 와서 어떤 음료를 마시고 뭔가가 달라진 거라면? 그 음료가 블러드허니라면?

하랑의 시선을 빼앗은 단어는 '젊고'였다. '젊음'은 엄마가 사랑해 마지않는 단어였다.

하랑도 이 카페에서 가장 인기 많은 음료인 블러드허니를 주문해 마서 보았다. 상큼하고 맛있었지만 그뿐이었다. 딱히 젊어지거나 똑똑해지는 느낌은 받지 못했다. 딱 한 번 마셔서 느끼지 못한 걸 수도 있었다. 헤이즐넛라테도 맛은 좋았지만 소진처럼 사랑에 빠지는 일은 없었다.

그렇다면……?

"넌 어땠어? 블러드허니?"

할머니 국숫집에 앉아 나결을 기다리는 동안 하랑은 소진과 카페 블러드에 관해 이야기를 나누고 싶었다.

"소문대로 맛있던데?"

소진은 시큰둥한 목소리였다. 나결 선배 말고 그 어떤 것도 자신을 설레게 할 수 없다는 듯이.

"젊어지거나 똑똑해지는 느낌은?"

소진은 가게로 들어오는 사람을 일일이 바라보다가 잠깐 하랑에게 시선을 건넸다.

"글쎄. 이미 충분히 젊고 똑똑하니까."

"풋."

자신감 넘치는 소진의 말에 기습적으로 웃음이 터진 하랑이었다. 그런 하랑의 웃음소리에 감염된 건지 소진도 컵에 물을 따르며 헤헤거렸다.

드디어 선배가 들어오고 국수를 주문했다. 유부가 잔뜩 들어간 국수를 보자 엄청나게 허기가 졌다. 하랑과 소진은 젓가락을 집어들며 입맛을 다셨고 나결도 저돌적으로 국수에 달려들었다.

할머니 국수의 어떤 점이 이토록 매력적일까? 간간하면서 고춧가루와 멸치 육수로 우린 국물의 칼칼함? 부들부들한 면과 최적으로 어울리는 유부의 고소함? 국수와의 앙상블을 최고로 만들어주는 김장김치의 시원함? 소진과 처음 이 국수를 먹었을 때를 하랑은 떠올렸다. 하랑은 국수를 후루룩 빨아들이다가 그릇째로 국물을 들이켰다. "크." 하고 걸죽한 감탄사를 내뱉자 소진이 빵 터져서 쿡쿡거렸다. 그렇게 아무 걱정도 의심도 없이, 추리해야 하

는 사건 하나 없이 소진과 함께 국수를 허겁지겁 먹던 시절이 이
토록 아련하고 그리워질 줄이야.

국수를 초토화한 다음 물로 입을 헹구는데 나결이 하랑을 바라
보며 말했다.

"물어볼 게 있는데."

대화를 이어 나가고 얼마 지나지 않아 나결은 곧바로 본론으로
들어갔다.

"나도 하나 알아야겠어. 네가 원하는 건 뭐니?"

하랑은 두 손을 테이블 위에 올려 마주 잡았다.

"아까 너희 엄마 사진을 보여 준 이유가 있니?"

대답하기 전 일단 하랑은 나결의 의도나 목적은 궁금해하지 않
기로 했다. 협상이나 계산도 하지 않을 생각이었다. 창피하지도
않았다. 어떤 이야기를 어디까지 할지 선을 긋고 싶지도 않았다.
다만 하랑은 자기에게 일어난 일들을 깔끔하게 이해하고 싶을 뿐
이었다. 소진이 그토록 사랑하는 '근거'를 찾아내 이 찜찜한 기분
에서 벗어나고 싶었다. 모든 사실이 만천하에 드러나 더는 엄마를
의심하거나 자기의 출생을 두고 고민하고 싶지 않았다.

잠시 뒤 고개를 빳빳이 들어 올리며 하랑은 단호하게 말했다.

"제가 알고 싶은 건, 엄마가 저한테 원하는 게 뭔지 알아내는 거
예요."

늦은 저녁 시간이었다. 사람들이 하나둘 식당을 떠났다. 할머니
는 테이블을 치우고 설거지를 하느라 바빴다. 하랑은 망설이지 않

고 나결에게 자기의 상황과 알고 있는 정보를 모두 공유했다.

"저 카페에 자주 들락거린 이후부터 요즘 엄마가 달라졌어요. 기분도 좋아 보이고요. 그건 좋은데……."

하랑은 나결에게 지퍼백 사진을 보여 주었다.

"엄마가 왜 제 머리카락과 칫솔을 수집하는지 알고 싶어요. 그 이유와 저 카페가 조금이라도 관련이 있다면 그것까지도."

나결은 다리를 꼬고 흘러내리는 앞머리를 넘겼다.

"내 생각엔 말이야. 너희 엄마가 여기 자주 오는 이유와 그 지퍼백은 별개의 일 같아."

소진이 걱정스러운 표정으로 하랑의 얼굴을 살폈다.

"저, 선배라고 불러도 되죠?"

하랑이 물었다.

"편히 불러."

"선배는 카페에서 파는 음료 다 마셔 봤어요?"

하랑의 질문에 나결은 손가락을 입술에 갖다 대며 생각했다.

"블러드허니랑 헤이즐넛라떼만 마셔 봤어."

"헤이즐넛라떼 마시고 사랑에 빠졌어요?"

"아니."

나결의 얼굴에 살포시 어색한 미소가 떠올랐다. 그 메뉴판에 있는 내용을 곧이곧대로 믿는 순진한 사람을 봐서 반가운 건지, 실소가 터져 나오는 건지, '사랑'이라는 단어에 낯간지러운 건지 알 수 없는 애매한 미소였다.

"그럼 블러드허니는요?"

"어? 아, 그게……."

"똑똑해지고 머리가 팽팽 돌아간다고 느낀 적, 있죠."

하랑의 마지막 말은 물음표가 아니라 마침표였다. 그 말이 던진 파장이 침묵 속에서 이어졌다. 소진은 하랑과 나결을 번갈아 바라봤고 나결은 즉시 대답하지 못했다. 하랑은 그런 나결을 지그시 응시했다. 어떤 대답을 해야 할지 나결이 머뭇거리는 시간이 길어질수록 하나의 확신이 커져 갔다.

나결

머리가 팽팽 돌아간 적, 있지.

하지만 그 말이 입 밖으로 튀어나오지는 않았다. 다행히.

나결은 빈 잔에 물을 따랐다. 시간을 벌고 싶은 건지 진짜로 목이 타는 건지 스스로도 알 수 없었다.

"선배가 솔직해질수록 우리는 저 카페의 비밀에 더 빨리 다가설 수 있어요."

하랑의 말이 묵직하게 나결을 압박했다.

"너 왜 그래. 선배가 언제……."

하랑은 소진의 말허리를 자르며 끼어들었다.

"잠깐만, 소진아. 내 말 아직 안 끝났어."

하랑의 단호한 태도에 소진도 놀란 듯했다.

"제가 내린 결론은요."

하랑은 다시 나결에게 시선을 던졌다. 나결은 꼬았던 다리를 풀었다. 그사이 두 명의 남자가 들어와 국수를 주문했다.

"그동안 메뉴판에 있는 메뉴를 다 마셔 봤어요. 저는 달맞이꽃차를 마실 때만 반응이 왔어요. 그 차를 마실 때마다 마음이 차분히 가라앉고 편안해졌죠. 다른 음료들은 메뉴판에 적힌 설명이 통하지 않았어요. 각자 반응이 오는 음료가 다른 거 아닐까요? 소진이는 헤이즐넛라테, 선배는 블러드허니였던 거고요."

하랑이 말하는 동안 나결은 물을 야금야금 마셨다. 확신에 차서 말하는 하랑의 기세 때문에 나결은 코너에 몰린 듯한 기분이 들었다. 이렇게 된 이상 그냥 솔직하게 말하는 게 나을까? 과연 어디까지 솔직해질 수 있을까?

"블러드허니를 마시고 선배가 똑똑해졌다는 근거가 없잖아."

소진이 걸어온 태클을 하랑은 가뿐히 뛰어넘었다.

"너만 선배를 본 게 아니야. 나도 주말 동안 선배를 계속 지켜봤어. 선배는 다른 음료는 마시지도 않아. 블러드허니만 마시지. 그것도 한 잔 이상."

소진의 눈이 휘둥그레졌다.

"다른 사람이 남긴 것도 텀블러에 넣던데. 그리고 선배는 블러드허니를 마실 때 진짜 행복해 보였어. 내 추측이 맞다면 선배는 하루 한 잔이라는 원칙에서 벗어나 두 잔 이상의 블러드허니를 마시고 싶어서 알바하는 거죠?"

잠깐 뜸을 들이다가 나결은 외쳤다.

"와, 브라보!"

나결은 축구 경기를 보다가 골이 들어갔을 때처럼 큰 소리로 박수를 쳤다. 느닷없는 타이밍으로 보여도 하는 수 없었다. 하랑의 관찰력과 끈질긴 추리에 진심으로 감탄했으니까.

"역시 소진이 친구답네. 소진이는 과학 동아리 에이스였거든."

"그랬나요? 호호."

소진이 배시시 웃자 눈가에 작은 주름이 잡혔다. 그러거나 말거나 하랑은 진지한 얼굴로 이야기를 이어 나갔다.

"제 생각엔 저희 엄마도 블러드허니를 마시고 변화를 느낀 것 같아요. 그래서 요즘 기분도 좋았던 거고. 카페에 매일 가다가 주말에는 아빠가 뭘 알아차릴까 봐 조심하는 거고. 아빠가 예민하고 눈치가 진짜 빠르거든요."

아빠를 닮아서 하랑이도 눈치가 빠른 걸까?

"그래서 블러드허니에 중독된 여자들이 사장이랑 한바탕 실랑이를 벌인 거다?"

소진이 물었고 하랑이 끄덕였다.

"그럼 그 지퍼백은 뭔데?"

나결의 질문에 하랑은 고개를 가로저었다.

"그건 아직 모르겠어요."

그때 소진이 끼어들었다.

“하랑이 이모가 형사인데 지퍼백을 보더니 유전자 검사 이야기를 했대요.”

“형사?”

나결은 자기도 모르게 좀 큰소리로 되물었다.

유전자 검사라는 단어 때문일까? 하랑의 얼굴에 안개가 끼었다. 미간을 찌푸린 얼굴은 금세 어둑어둑해졌다. 하랑이 느끼는 답답함과 막막함이 나결의 가슴으로 흘러들었다. 하랑은 왜 엄마가 그런 행동을 했는지 진짜 알고 싶은 것 같았다. 이럴 때 블러드허니 한 잔을 딱 마시면 머리가 팽팽 돌아갈 텐데. 연결되지 않는 것들을 연결 짓고 놓쳤던 실마리를 예리하게 잡아챘을 텐데. 나결은 아쉬운 마음에 입맛만 다셨다.

잠깐. 정신을 차려야 했다. 지금 중요한 건 하랑의 엄마도, 미스터리한 지퍼백도 아니었다. 사장을 압박할 수 있는 단서를 찾는 거다. 블러드허니를 최대한 마시는 기회를 만들어 기말고사 준비에 박차를 가하는 거다. 보란 듯이 좋은 성적을 거두고 사람들의 찬사와 칭찬을 듣는 일이다.

마침 할머니 사장님이 꼬부랑 허리를 두드리며 테이블로 다가왔다.

“재료가 남아서 그런데 김밥 몇 줄 말아 주랴?”

“네!”

소진이 힘차게 대꾸했다. 다시 주방으로 돌아서려던 할머니가 멈칫했다. 그러더니 나결의 옆얼굴을 뚫어져라 바라봤다.

"잉, 저 앞 카페에서 주말마다 일하는 청년이구먼. 맞제?"

나결은 속으로 좀 놀랐다. 카페가 통 유리창으로 되어 있어 일하는 모습이 밖에서 보일 거라고 생각했지만 주변 상인이 자신의 일하는 요일까지 알고 있을 줄은 몰랐다. 나결이 멋쩍어 하며 어색한 미소를 짓는 사이 하랑은 할머니의 팔을 덥석 잡았다.

"할머니, 저 카페 사장 좀 아세요?"

"잉? 그건 와?"

"그냥 궁금해서요. 이 오빠가 사장님한테 당한 게 좀 있대요."

오빠? 선배보다는 낫네. 훗, 하고 새어 나오려는 웃음을 참기 위해 나결은 얼굴 근육을 일그러뜨렸다. 지금 이럴 때가 아니었다. 나결은 하랑이 내뱉은 단어에 술렁이는 자신이 낯설고 못마땅해 작게 도리질을 했다.

"아따, 월급을 못 받았구먼. 어린 애들 코 묻은 돈을 그라믄 안 되지라. 사람 그리 안 봤는디."

"그러니까요."

이번에는 하랑 대신 소진이 추임새를 넣었다.

"다른 건 모르겠고, 카페 사장이 카페 바로 옆 건물도 쓰고 있당께."

"바로 옆 건물이요? 아, 거기 사는 거예요?"

"내사 그것까진 몰러. 꼭대기 층이 평수가 가장 크긴 하지라."

평수가 크다……. 할머니의 말이 나결의 귀에 이렇게 들렸다. 어쩌면 지하실은 위장이고 옆 건물에 블러드허니의 비밀이 있을

지도 모른다.

"할머니, 완전 모르는 게 없으시네요. 손님 많아서 바쁘실 텐데 어떻게 그렇게 다 아세요?"

"잉, 그 건물이 내 거여."

"네?"

"건물주가 나인게 계약할 때 카페 사장을 만났제."

동그랗게 커진 하랑의 눈과 나결의 눈이 잠깐 부딪혔다. 흔들림이 차츰 멈추고 단단해지는 하랑의 눈빛을 나결은 들여다봤다. 잠깐의 마주침이었고 대화였지만 오늘 하랑이 보여 준 태도에 나결은 깊은 감명을 받았다. 자기가 해결하고 싶은 문제를 향해 끈기 있게 기다리는 인내심. 상대방을 정확하게 관찰하는 예민함. 작은 단서도 넘어가지 않는 집요함. 필요한 순간에는 숨김없이 자신을 드러낼 수 있는 솔직함과 투명함. 문제를 해결하기 위해 자신의 치부까지 드러내 보이는 결단과 용기. 하나같이 나결에게 부족한 것들이라 더 뼈아프고 인상적이었다.

하랑은 서슴없이 자기가 가진 패를 상대방에게 보여 주고 즉시 상대에게 도움의 손길을 내밀었다. 자신이 무엇을 가졌는지 공유에게 자신이 부족한 부분은 망설이지 않고 인정한 후 도움을 요청했다. 그에 비해 나는 어떠했는가.

대화의 시작부터 지금까지 한 번도 계산하지 않은 하랑과 달리 나결은 처음부터 줄곧 계산했다. 상대가 가진 정보만 빼내고 자신이 가진 정보는 어디까지 공유해야 손해를 보지 않는 건지 끊임없이 계산기를 두드렸다.

　그렇게 전전긍긍한 결과는? 나결이 끝까지 숨기려고 한 정보는 이미 상대방이 모두 간파한 후였다. 자연스럽게 나결은 상대방에게 내어 줄 것이 하나도 없는 신세가 되었다.

　하지만 아직은 상대와 모든 것을 공유하고 싶지 않았다. 상대에게 약점을 보이고 싶지도 않았다. 무엇이 갈급하고 필요한지 낱낱이 이야기할 자신도 없었다. 그래도 선배인데 약해 보이거나 없어 보일 수는 없으니까.

◇ **6**

비밀

하랑

소진을 먼저 데려다주고 그다음은 하랑 차례였다. 나결과 단둘이 걷는 밤길은 어색했다. 나결도 아무 말을 꺼내지 않고 묵묵히 걷기만 했다. 쌩쌩 달리는 자동차 소리가 하랑과 나결 사이를 채웠다. 하랑은 무슨 말을 꺼내야 할지 종잡을 수 없어 입을 다물고 있었다.

"이리로 들어가면 돼요. 데려다주셔서 감사합니다."

하랑이 아파트 입구를 손가락으로 가리킨 뒤 꾸벅 인사를 했다.

"잠깐만."

하랑은 발걸음을 멈추고 나결을 향해 몸을 돌렸다.

"이거……."

하랑은 나결의 손을 내려다봤다. 나결이 내민 것은 카페 블러드의 메뉴판이었다. 얼결에 하랑은 메뉴판을 받아 들었다.

"거기 있는 자국 말이야. 블러드허니가 아니라 피야."

"네?"

"루미놀 용액 사서 검사해 봤어. 피더라고."

"저한테 이걸 왜……."

"많이 고민했어. 이걸 너한테 주는 게 맞는지 아직도 잘 모르겠는데 나한테 있는 것보다는 나을 것 같아서."

나결이 쏟아 내는 정보를 미처 소화하지 못한 하랑은 눈을 더디게 끔벅였다.

이게 진짜 피 맞을까? 맞다면 카페 메뉴판에 왜 피가 묻어 있지? 선배는 이걸 왜 나한테 주는 게 낫다는 거지?

"형사 이모 있다며. 부탁해 보면 어떨까?"

하랑은 눈을 부릅뜨며 나결을 올려다봤다.

"뭘요?"

"이 카페 수상하니까 수사해 달라고."

하랑은 고개를 천천히 흔들었다.

"안 해 줄 거예요. 막말로 어떤 사람이 코피 흘린 걸 수도 있잖아요."

하랑의 말에 나결이 주저하듯 대답했다.

"그렇긴 한데 그냥 주고 싶어. 너는 오늘 모든 걸 깠는데 난 별로 깐 게 없는 것 같아서."

잠깐 동안 하랑은 그 말을 꺼낼까 말까 고민했다. 참 이상했다.

비밀

하랑은 예리한 사람이 아닌데 나결 앞에서는 자꾸 날카로워졌다. 하랑은 소진처럼 논리적이지 않는데, 나결과 이야기할 때는 감성보다는 이성이 커졌고 상대의 핵심을 쿡 찌르는 말이 앞다퉈 튀어나왔다.

"저도 하나 물어볼게요."

소진이 나결 선배에게 한눈에 반하지만 않았더라면, 예전의 소진이었다면 분명 던졌을 질문을 하랑이 대신하고 있었다. 소진의 빈자리를 나라도 채워야 한다고 무의식이 명령을 내리는 것 같았다. 무슨 사명감을 띤 사람처럼 왜 자꾸 의심부터 하는 거지? 이런 기질이 내게 원래 있었는데 그동안 소진이 나보다 훌륭하니까 잠자코 있었던 건가?

이유를 찾고 싶은 마음을 뒤로 하고 지금은 선배와의 대화에 집중해야 한다. 그렇게 생각하는데도 예리하게 벼려진 촉수가 다시 꿈틀거렸다. 자기에게 있다고 생각한 적 없는 날카로운 칼날이 자꾸만 나대는 느낌이었다.

"선배가 원하는 건 사장을 곤란하게 하는 거예요, 아니면 블러드허니를 마음껏 마시는 거예요?"

그 예민한 공격성이 기이하게도 나결 선배 앞에서 더 춤을 추는 것 같다. 소진의 이성과 논리가 나에게로 이사를 온 건가.

나결은 아랫입술을 꽉 깨물 뿐 말이 없었다.

"대답하기 곤란하면 안 하셔도 돼요. 그럼 전 이만."

하랑이 자리를 뜨려는데 나결이 흘러내린 앞머리를 거칠게 뒤로 넘기며 입을 열었다.

"나는······."

하랑은 우뚝 멈춰 섰다.

"나는 엄청난 몰입과 집중을 원해. 곁다리로 완벽한 성적을 원하고."

후덥지근한 바람이 불었다. 문득 하랑은 궁금했다. 선배가 진짜 원하는 것은 몰입일까 아니면 성적일까. 하나만 선택해야 한다면 선배는 어떤 것을 택할까. 어쩌면 잠시도 머뭇거리지 않고 성적을 택할지도 모른다.

"그러려면 더 많은 블러드허니가 필요해."

하랑은 다시 나결이 있는 곳으로 한 걸음 다가섰다. 하랑은 자신과 나결 사이의 공간을 바라보다가 고개를 들어 올렸다.

"이모가 수사에 들어가면 카페 블러드와 사장한테 문제가 생길 수도 있어요. 그럼 블러드허니를 못 마실 수도 있고요."

나결은 이맛살을 찌푸리다가 허탈한 미소를 지었다.

"그 생각을 내가 안 했겠어?"

한 걸음 더 내디디면 나결과 한결 가까워질 수 있었다. 그런데 하랑의 발은 움직이지 않았다.

"나도 내 마음을 잘 모르겠어. 몰입이나 성적을 위해 블러드허니를 더 많이 마셔야 한다고 속삭이는 악마만 내 안에 있는 건 아니거든. 이 카페도 블러드허니도 이상한 건 사실이니까 다른 피해자가 생기기 전에 비밀을 밝혀야 한다는 목소리도 있는 거야. 더

럽게 모순적이라고 욕해도 좋아."

'모순'이란 말에 하랑은 소진을 떠올렸다. 소진 덕분에 알게 된 단어였으니까. 하랑은 나결의 얼굴을 무심히 올려다봤다. 하랑에게 가장 소중한 친구 소진이 좋아하는 사람. 성적을 올리기 위해서, 엄청난 몰입을 위해서라면 무슨 짓이든 할 수 있을 것 같은 사람. 이글이글 타오르는 눈빛을 가진 사람.

"마지막으로 하나만 더 물어봐도 돼요?"

나결은 고개를 한 번 끄덕였다.

"성적에 집착하는 진짜 이유는 뭐예요?"

나결의 동공이 크게 확대되었다.

"성적을 올려야 한다는 욕망. 그거 진짜로 선배가 원하는 거 맞아요?"

나결은 헛웃음을 터뜨렸다.

"당연히 내가 원하는 거지. 그럼 내 친구가 원하는 거겠어?"

하랑은 입술을 쫑긋 모으며 말했다.

"하루만 더 생각해 봐요. 머리 터지게 생각해도 그게 진짜 선배 욕망이 맞다면 제가 소진이랑 힘을 합쳐 도와줄게요."

나결이 머뭇거리는 사이 하랑은 고개를 꾸벅 숙였다.

"데려다주셔서 고맙습니다."

하랑은 몸을 돌려 아파트 단지로 들어섰다. 걸어가는 동안 여러 생각이 몰아닥쳤다. 사람과 사람 사이의 기운과 기세를 생각했다. 소진을 만나기 전 하랑은 친구가 어떤 의미인지 잘 몰랐다. 제

법 친하게 지내거나 밥을 같이 먹는 애들은 늘 있었지만 그들에게 한 번도 속내를 드러낸 적은 없었다. 그 누구도 하랑의 속마음까지 궁금해하지는 않았다. 소진은 달랐다. 하랑이 무슨 말을 하든 귀 기울여 들어 주었고 의견을 이야기하면 왜 그렇게 생각하는지 차근히 되짚어 주었다. 그러다 보니 소진과 급속도로 친해졌다.

마찬가지로 하랑은 엄마에게 징징대거나 함께 수다를 떨어 본 적이 없었다. 엄마와 하랑 사이에는 보이지 않는 투명막이 있는 듯했다. 엄마는 하랑에게 질문을 던지지 않았고 사근하고 친절한 미소를 보여 주지도 않았다. 그런데 이모는 달랐다. 사건 때문에 자주 만나지 못하는데도 하랑은 이모에게 뭐든 솔직하게 털어놓을 수 있었다. 이모가 어떤 말이든 다 들어 줄 거라는 믿음이 있었다. 이모는 하랑이 늘어놓는 이야기를 가만히 들어 주고 누구에게도 옮기지 않았다. 특히 엄마에게.

엘리베이터를 기다리는 사이 소진이 메시지를 보내왔다.

선배, 진짜 사랑스럽지 않니?

하랑은 입술을 뾰로통하게 내밀었다. 대체 어떤 지점이, 어떻게 사랑스럽다는 건지 근거를 대 봐라, 김소진아!

네 추리를 인정해 주고 박수 치는 모습도 어른스럽더라.

어휴, 눈에 콩깍지가 단단히 꼈군. 만약 선배가 하랑의 추리를 인정하지 않고 조목조목 반박했다면 소진은 '선배 너무 논리적이

고 스마트하지 않니?'라고 했을 거다. 사랑하는 사람은 이래도 저
래도 멋져 보이고, 미워하는 사람은 이래도 저래도 미워 보이는
게 사람 마음이니까.

하랑이 엄마보다는 이모와 잘 통하는 것처럼 뭐가 매력적인지
모르겠는 나결 선배에게 소진이 매력을 느끼는 것처럼 사람과 사
람 사이에는 보이지 않는 기류가 있다. 그래서일까. 누구에게도
예리하지 않은 하랑의 촉수가 이상하게도 선배에게만 발동한다는
사실이 기묘하게 느껴졌다. 그리고 선배가 자신과 소진에게 어디
까지 솔직한지 알 수 없어 좀 답답했다. 아직은 의심의 눈초리를
풀 때가 아니었다.

나결 선배의 어떤 지점이 자기를 날카롭게 만드는 걸까. 왜 선
배에게서 약점을 찾아내고 싶다는 공격 본능이 발휘되는 걸까. 사
실 선배는 엄친아 그 자체였다. 엄마가 하랑에게 원하는 모든 것
을 갖고 있었다. 마치 태어났을 때부터 탑재된 것 같은 여유로움
이 몸에 배여 있는데 그게 꼴보기 싫은 건지도 몰랐다. 게다가 선
배가 우리에게 투명하지 못하다는 느낌이 집요하게 하랑을 괴롭
혔다. 이 느낌은 어디에서 비롯된 걸까. 아무 근거도 없는 이 느낌
과 직감을 믿어도 될까. 근거와 직감 모두를 이용해 일하는 이모
에게 물어본다면 이모는 어떤 대답을 해 줄지 하랑은 궁금했다.
사랑에 빠져 이성의 끈을 살짝 놓아 버린 소진 말고 예전의 소진
에게 물어본다면 소진은 어떤 말을 해 줄지도 알고 싶었다.

어쨌거나 지금은 아무것도 확신할 수 없었다. 하랑은 한숨을 내

쉬며 현관문을 열었다.

나결

성적을 올리고 싶은 욕망이 진짜 내 것이 맞느냐니. 하하하. 나
결의 입에서 폭소가 흘러나왔다. 인정한다. 하랑의 질문은 꽤나
날카로웠다. 동시에 쉽게 이해가 가지 않았다.

누구나 다 좋은 성적을 원하지 않는가? 누구나 다 공부를 잘하
고 싶어 한다. 자연스럽고 당연한 일이다. 그런데 그 욕망이 진짜
내 것이 맞는지 왜 자문해야 한단 말인가.

나결은 어렸을 때부터 공부를 잘했다. 꾸준히 좋은 성적을 유지
하는 것을 어른들은 신기해하고 기특해했는데 가끔은 그게 선뜻
이해되지 않았다. 공부 또한 자전거 타기와 비슷해서 한번 궤도에
오르고 요령을 터득하면 쉬웠다. 나결에게는 성적을 유지하는 것
보다 오히려 엉망진창인 성적을 받는 일이 더 불가능하게 느껴졌
다. 눈을 질끈 감고 모든 답을 찍으면 몰라도.

나결은 자신이 진짜 원하는 게 무엇인지 깊이 생각해 보았다.
만에 하나 성적을 유지하거나 더 올리고 싶다는 욕망이 나의 것이
아닐 수도 있을까? 그렇다면 그건 누구의 욕망일까. 어쩌면 나결
이 진짜 원하는 것은 좋은 성적이 아닐지도 몰랐다. 그보다는 좋
은 성적을 받으면 따라오는 주변 사람들의 인정 혹은 부모님의 칭

찬을 바라는 건지도 몰랐다.

하랑의 말대로 성적에 집착하는 이유를 찬찬히 생각해 보니 색다른 기분이 들었다. 그동안 한 번도 건드린 적 없는 생각들을 톡톡 자극하는 느낌이 나쁘지 않았다. 뭐랄까. 소진과 달리 하랑은 자꾸 나결의 핵심을 쿡쿡 쑤셨다. 그렇지만 희한하게도 기분이 나쁘지 않았다. 하나부터 열까지 잘 안 맞고 짓궂은 여동생이 있다면 이런 느낌일까. 아주 어렸을 때부터 나결은 동생을 원했지만 부모님은 나결 하나로 만족했다.

하랑의 추리는 그럴 듯했다. 국숫집 모임 후 나결은 틈틈이 메뉴판에 있는 음료를 하나씩 마셔 보았지만 나결에게 즉효가 있었던 건 블러드허니 하나였다. 한 사람에게 하나의 음료만 마법을 부린다? 일리가 있다. 하랑의 추리대로 하랑의 엄마 또한 자기처럼 블러드허니를 마시고 효과를 본 것 같다. 조심스럽게 추측해 보자면 평일에 사장을 찾아와 들들 볶았던 여자들 또한 블러드허니에 효과를 본 게 아니었을까. 다른 음료와 달리 블러드허니에만 중독 현상이 있는 건지도 모른다. 나결은 다음에 하랑을 만나면 이 부분에 대해 이야기를 나눠 봐야겠다고 생각했다.

수요일 오후는 학원 수업이 시작할 때까지 시간이 좀 있었다. 나결은 카페 블러드 옆 건물을 찾아갔다. 국숫집 할머니 말에 따르면 사장은 꼭대기 층을 쓰고 있다. 공인 중개사인 고모를 살짝 떠 보니 꼭대기 층에서 가장 큰 평수는 503호라고 한다.

나결은 잠깐 고민하다가 하랑과 소진에게 메시지를 보냈다.

503호 앞으로 다가갔다. 카페 지하실과 달리 평범한 도어락이었다. 카페 지하실만큼 중요하지 않은 곳이라는 뜻일까? 블러드 허니의 비밀이 있는 곳은 지하실이라는 뜻인가? 어쨌든 카페 지하실은 뚫을 수 없으니 이곳을 노려야겠다. 도어락 비밀번호를 알아내거나 카드 키만 있으면 출입이 가능할 테니까.

사장의 약점을 잡기 위해 나결은 평일 잠복을 시작했다. 학교 수업이 끝나자마자 할머니 국숫집으로 달려갔다. 카페가 훤히 보이는 자리에 앉아 수학 공식이나 영어 단어를 외우면서 틈틈이 카페를 살폈다. 학원을 가기 전 할머니가 말아 준 김밥과 시원한 국물을 간식으로 먹는 건 덤이었다. 나결은 간장에 조린 어묵이 듬뿍 들어간 김밥에 완전히 매료되었다.

사흘째 되는 날 드디어 여자들이 모습을 드러냈다. 그날처럼 여자들이 카페 앞에 모여 웅성거렸다. 하랑의 엄마도 무리에 끼어 있었다. 나결은 급히 문제집을 가방에 쑤셔 넣고는 튀어 나갔다. 처음 무리를 보았을 때에는 다섯 명이었는데 오늘은 세 명이었다. 그렇다면 살짝 거짓말을 해도 되지 않을까. 주머니에 있는 핸드폰을 만지작거려 녹음 버튼을 눌렀다. 가까이 다가가자 여자들이 말하는 소리가 들렸다. 한 명은 목소리가 컸고 다른 한 명은 목소리가 허스키했다.

"사장 또 없어?"

"지하실에 있겠지."

"우리 모이는 거 알고 토낀 거 아냐?"

하랑의 엄마는 아무 말도 하지 않았다. 대신 입술을 쫑긋 모으거나 일그러뜨렸다. 어쩐지 단단히 화가 난 듯했고 무표정해 보이기도 했다.

"저……."

나결은 목소리가 허스키한 여자에게 살금살금 다가갔다.

"뭐죠?"

"아, 저희 엄마도 오늘 오고 싶어 했는데 다리를 다치셔서 제가 대신 왔어요."

목소리가 쩌렁쩌렁한 여자가 나결 앞으로 다가왔다.

"아, 네가 우진이구나. 엄마 크게 다치신 거니?"

"네."

뭐라고 해야 할지 모를 때는 네, 가 최고다. 나결의 대답을 듣고 여자들은 경계심을 풀었다. 하랑의 엄마는 나결을 힐끗 한 번 보고는 더는 관심을 기울이지 않았다.

"학생은 한다고 했어?"

허스키 여자가 다짜고짜 나결에게 물었다.

"네?"

"피 말이야. 엄마한테 준다고 했냐고."

피? 순간 나결은 눈을 휘둥그레 뜨지 않으려고 노력했다. 무슨 말인지 전혀 모르겠지만 티를 내서는 안 됐다.

"아직…….”

"고민이 되겠지. 암.”

허스키 여자가 작게 읊조린 말에 목소리 큰 여자가 언성을 높였다.

"우리 애는 안 하겠대. 죽어도 안 하겠다는데 어쩌겠어. 하랑이는 뭐래요?”

여자가 하랑의 엄마에게 질문을 던졌다.

"저는 아직 얘기도 못 꺼냈어요.”

"어휴, 저 쳐 죽일 년 때문에.”

허스키 여자는 블러드 카페를 노려보았다. 이들이 죽이고 싶을 정도로 미워하는 사람은 카페 사장이었다.

"처음엔 칫솔이면 된다더니 금방 손톱이랑 머리카락을 요구하고. 이제는 피까지 달라네. 저게 완전 돌았지.”

"이대로 당할 수는 없어. 더 요구하면 비밀을 세상에 알린다고 협박해야지.”

두 여자와 달리 하랑의 엄마는 나긋나긋한 목소리로 말했다.

"그러다가 일이 잘못돼서 아예 못 마시면 어떡해요. 2주 넘게 못 마셨더니 벌써 주름이 늘었어요. 흰머리도 마구 나고요.”

나결은 여자들이 던져 준 퍼즐 조각을 제자리에 끼워 맞추려고 안간힘을 썼다.

여자들은 나처럼 블러드허니에 중독되었다. 나결은 그걸 마시면 머리가 팽팽 돌아가고 성적이 오르는데 이들은 노화 속도를 늦추거나 젊어졌다. 블러드허니를 마시려고 이들은 누군가의 손톱이나 머리카락을 갖다 바쳤다. 대신 사장은 이들에게 많은 양의 블러드허니를 제공했을 것이다. 그런데 이제는 피를 요구한다.

누구의 피? 젊은 사람들의 피. 파릇파릇한 미성년자의 피. 자식들의 피!

그렇다면 블러드허니에 누군가의 피나 유전자가 들어 있었다는 건가? 나결은 갑자기 속이 메슥거리고 울렁거렸다.

"난 어떻고. 허리 통증이 다시 시작돼 죽겠어. 재활 운동 다시 해야 할 판이라니까."

허스키 여자가 발을 동동 굴렸다. 누군가는 아름다워지기 위해, 누군가는 아프지 않기 위해, 누군가는 성적을 올리기 위해 블러드허니를 마셨다. 그 결과 모두 중독되었다. 아예 경험하지 않았으면 모를까 한 번 마시면 점점 더 많은 블러드허니를 원하게 된다. 누구도 이 열차에서 마음대로 내릴 수 없다. 한번 올라탄 이상은.

"저는 이만 가 볼게요."

떨리는 목소리를 감추려 애쓰며 나결이 말했다. 목소리 큰 여자가 나결이 메고 있는 가방을 몇 번 토닥였다.

"그래요. 참 모레 또 모일 거니까 엄마한테 그렇게 전하고."

알았다는 뜻으로 나결은 고개를 크게 끄덕인 뒤 빠른 걸음으로 블러드 카페에서 멀어졌다. 멀어지면 울렁거리는 속이 진정될 줄 알았는데 여전히 좋지 않았다. 할머니 국수 국물을 마시면 좀 진정이 될까? 하지만 여자들이 있는 곳으로 다시 돌아가고 싶지 않았다. 학원 수업 시간도 얼마 남지 않았다.

갑자기 나결은 달리기 시작했다. 방금 들었던 이야기도, 자기 안에 끈덕지게 달라붙어 있는 욕망도, 블러드허니를 간절히 원하는 마음도 다 길바닥에 버리고 싶었다. 숨이 턱까지 차오르도록 달리면 울렁거림이 사라질 줄 알았는데 아니었다. 학원 건물에 거의 도착할 때쯤 속에서 참을 수 없는 역겨움이 울컥 올라왔다. 어지러웠다. 세상이 핑핑 돌았다. 나결은 건물 뒤로 달려가 잡초가 무성하게 자란 곳에 토악질했다. 속에 있는 것을 다 게웠는데도 어지럼증은 사라지지 않았다. 하는 수 없이 나결은 벽에 등을 기대며 스르륵 쪼그려 앉았다. 지금 내가 무엇을 하고 있는 건지, 왜 이렇게 처량하고 한심한 신세가 된 건지 혼란스러웠다.

7

장점

하랑은 지하철을 타고 이모 집에 도착했다. 몇 달에 한 번 있을까 말까 한 이모 휴가를 냉큼 차지한 게 마음에 걸렸지만 지금 이것저것 따질 계제가 아니었다. 범인을 잡느라 한 달 넘게 집을 비웠다는 이모는 짙은 다크서클에 피곤해 보였지만 넉넉한 미소를 지으며 하랑을 맞았다.

하랑은 자기 집처럼 자연스럽게 식탁 의자에 앉았고 이모는 아이스자몽티를 내밀었다. 시원한 음료를 죽 들이컨 뒤 하랑은 가방에서 메뉴판이 담긴 지퍼백을 꺼냈다. 이모는 이게 뭐냐고 묻는 눈빛이었다.

"이거 피래요."

하랑은 메뉴판에 묻은 자국을 손가락으로 가리켰다.

“조사해 주세요.”

“뭐를?”

“카페 블러드요!”

전날 미리 준비한 말을 하랑은 속사포처럼 꺼냈다. 거기에서 파는 음료가 이상하다는 사실, 블러드허니에 중독된 선배 이야기, 그 카페에 뻔질나게 드나들다가 사장과 갈등 중인 여자들 중 엄마가 있다는 이야기까지 한달음에 내뱉었다. 이모는 차분히 하랑의 말을 듣다가 커다란 손으로 천천히 안경을 밀어 올렸다.

“카페에서 파는 음료를 마시고 사랑에 빠지거나 집중이 잘 된다면 좋은 일 아냐?”

“본인이 원치 않는데 중독이 됐다니까요.”

“설마 마약 같은 걸 의심하는 거?”

“그럴 수도 있고요.”

이모가 자몽티를 마시는 사이 하랑은 숨을 고른 뒤 다시 입을 열었다.

“그 카페는 이상한 음료를 팔고 있어요. 사람들이 그걸 마시고 중독되고 있고요. 그리고 이게 진짜 피라면 누구 건지 검사해야 하는 거 아니에요?”

“왜?”

“음, 그러니까…….”

적당한 대답을 찾고 싶어 하랑은 눈동자를 굴렸다.

“누군가 코피를 흘렸을 수도 있고, 손가락을 다쳐서 닦은 걸 수도 있지. 혈흔 검사를 한다고 해도 사장이나 직원이 아니라면 누구의 피인지 알 수 없을 거야. 그 카페에 출입한 손님들의 유전자 정보를 모조리 확보할 수는 없으니까. 게다가 혈흔의 주인을 찾는 일은 원래 복잡하고 굉장히 어려워. 그곳에서 살인 사건이 일어났다고 해도 마찬가지야."

전부 옳은 말이었다. 이모가 하는 말들을 하랑은 논리적으로 다 이해했다. 그런데도 좀 서운했다. 엄마가 그 카페에 기이할 정도로 자주 드나드는 걸 이모도 다 알면서 남의 일처럼 냉정하게 바라보고 있다니. 수사해 달라고, 아무래도 보통 일이 아닌 것 같다고 떼라도 쓸까. 직감이 그렇게 말하고 있으니 증거를 더 모아 오겠다고 호소를 해 볼까. 하지만 하랑이 어떤 말을 해도 이모는 원칙대로 행동할 사람이었다. 아무리 간곡한 어조로 부탁해도 이모는 꿈쩍도 하지 않을 거다.

하랑은 혈흔이 묻은 메뉴판을 한참 들여다보다가 팔을 뻗었다. 지퍼백을 다시 가방에 넣고 자리에서 일어났다. 이모를 설득할 자신이 없었다. 더는 이모와 이야기를 나누고 싶지도 않았다. 이상하게도 자꾸 제자리에서 빙빙 도는 느낌이었다. 카페의 비밀에 가닿고 싶은데 다가갈수록 멀어지기만 했다.

"하랑."

이모가 부드러운 목소리로 하랑을 불렀다. 하랑은 잠시 고개를 돌려 이모를 바라보았다.

"엄마가 그 카페를 왜 그렇게 자주 가는지 알아볼게."

이모의 한마디에 하랑의 눈빛은 차분해졌다. 하랑은 반짝거리는 눈동자로 이모를 올려다봤다.

"쉬는 날 그 카페도 한 번 가 볼테니까 하랑이 너는 거리를 좀 두면 어떨까?"

이모는 자리에서 일어나 하랑을 껴안았다. 커다란 손바닥으로 하랑의 등을 쓰다듬었다.

"궁금한 마음도 알겠고 걱정되는 마음도 알겠는데 네가 다칠까 봐 이모는 걱정돼."

이모의 따스한 말에 콧등이 시큰해졌다. 이모 말을 듣고 나서야 깨달았다. 하랑이 늘 엄마에게 듣고 싶었던 말을 방금 이모가 해 주었다는 것을. 키가 큰 이모의 품에 폭 안겨 하랑은 생각했다. 나를 걱정해 주고 아껴 주는 사람이 있어 기뻤다. 그게 엄마였다면 더 좋았겠지만 어쩌겠는가. 부모를 선택할 수 있는 사람은 없지 않은가. 엄마를 미워하거나 원망하는 대신 진심으로 나를 걱정해 주는 이모의 사랑을 오래도록 기억하는 게 오히려 마음이 덜 괴로울 것 같았다.

이모 집을 나와 지하철역으로 걸어가는데 전화가 왔다. 나결 선배였다. 선배는 급히 할 말이 있으니 할머니 국수 가게에서 만나자고 했다. 함께 만나고 싶어 소진에게 연락을 했더니 아쉽지만 중요한 학원 보강이 있다고 했다. 하는 수 없이 하랑은 혼자 국수 가게로 달려갔다.

선배 맞은편에 앉자마자 하랑은 국수를 주문하려고 했다. 손을 휘휘 저으며 나결이 말렸다. 일단 이야기를 먼저 듣는 게 좋을 것 같다고 했다. 선배의 얼굴이 꽤나 심각했다. 국수를 먹으며 나눌 수 없는 이야기가 대체 뭘까. 하랑은 고개를 갸웃거렸다. 선배가 꺼낼 이야기가 어떤 걸지 궁금했다.

"예전에 내가 그랬지. 너희 엄마가 카페에 자주 오는 이유와 그 지퍼백은 별개의 일 같다고. 아무래도 내가 틀린 것 같다."

"네?"

하랑은 여전히 선배가 하고자 하는 말을 종잡을 수 없었다. 선배는 느닷없이 코로 깊은 숨을 들이마셨다.

"심호흡 한 번 하자. 따라 해 봐."

얼결에 하랑은 선배를 따라 깊이 숨을 들이마신 뒤 천천히 내뱉었다. 어느 정도 준비가 됐다고 판단했는지 선배는 주머니에서 무선 이어폰을 내밀었다.

"좀 시끄러우니까 볼륨 키웠어. 줄이고 싶으면 말해."

하랑은 천천히 이어폰을 꼈다. 누군가의 목소리가 들렸다. 여자들이었다. '피'라는 단어가 들렸다. 어떤 사람이 카페 사장을 욕했다. 손톱과 머리카락 이야기가 나왔다. 그 뒤로 엄마 목소리가 들렸다. 금방이라도 사라질 듯 희미했지만 분명 엄마 목소리였다.

인사하는 선배의 목소리 뒤로 녹음은 뚝 끊겼다. 하랑은 이어폰을 빼 선배에게 돌려주었다. 자신이 뭘 들은 건지 정신이 하나도 없었다. 여자들의 목소리와 엄마의 목소리가 마구 뒤섞여 머릿속을 어지럽게 했다.

"그러니까…… 이 말은……"

말을 잇지 못하는 하랑을 보며 선배는 자리에서 엉거주춤 일어 섰다.

"속 울렁거려? 어지럽니?"

"그건 아닌데."

"국물 좀 마실래? 너 이 집 국물 마니아라며. 여기 올 때마다 할 머니가 네 이야기 지겹게 했거든."

하랑이 고개를 끄덕이자 선배는 할머니가 일하는 주방으로 달 려갔다. 몇 초만에 국물이 담긴 그릇이 눈앞에 있었다. 하랑은 선 배가 내민 그릇을 두 손으로 받아 들고 국물을 마셨다. 뜨거운 국 물이 식도를 타고 흘러 내려가는 게 느껴졌다. 아연한 정신을 국 물 덕분에 겨우 잡을 수 있었다.

"잘했어."

선배가 하랑의 머리통을 쓰다듬었다. 순간 하랑의 눈가가 촉촉 해지더니 뺨을 타고 눈물 한 방울이 떨어졌다. 갑작스러운 눈물에 선배는 당황했는지 자리에서 일어났다가 앉다가 휴지를 내밀다가 말다가 어쩔 줄 몰라 했다.

"잠시만요."

하랑은 손등으로 눈물을 훔치며 후다닥 국수 가게를 나왔다. 그 대로 건물과 건물 사이의 틈으로 들어갔다. 다리에 힘이 풀려 쭈 그려 앉았다. 엄마가 자기 칫솔과 머리카락과 손톱깎이를 몰래 보관한 이유를 드디어 알았다. 모든 것을 투명하게 알면 속이 시원할 줄 알았는데 전혀 아니었다. 여전히 이해되지 않는 것투성이었고 속은 전보다 훨씬 더 시끄러웠다. 머릿속은 혼란스럽기 그지없었다. 마지막으로 미칠 듯이 화가 났다.

그런데 과연 누구에게 화가 나는 걸까. 엄마인가? 카페 사장인가? 이런 사실을 알려 준 나결 선배인가? 아니었다.

어쩌면 모든 사람에게 미치도록 화가 나는 건지도 몰랐다.

나결

얼마나 시간이 흘렀을까. 한결 차분해진 얼굴로 하랑이 돌아왔다. 하랑은 주인 할머니한테 조용히 뭐라고 하더니 자리에 앉아 수저통에서 젓가락을 꺼냈다.

"국수 주문했어요. 먹을 거죠?"

"그래."

나결과 하랑 앞에 금세 국수가 놓였다. 국수에서 뜨거운 김이 폴폴 솟아올랐다. 하랑은 야무지게 면발을 흡입했다. 푹 익은 김장김치를 얹어 먹는 것도 잊지 않았다. 평소처럼 잘 먹는 모습을 보니 안도감이 들었다. 나결도 긴장과 걱정을 내려놓고 국수를 먹는데 집중했다.

국물까지 남김없이 먹은 하랑이 한결 개운해진 얼굴로 젓가락을 내려놓았다. 하랑은 물로 입을 헹구고 말했다.

"선배, 이런 이야기 들어 봤어요?"

하랑이 무슨 이야기를 꺼낼지 궁금한 나결은 하랑과 눈을 마주 쳤다.

"만수르보다 돈 많은 사람이 매년 1조 원 넘게 노화 연구에 투자한다는 이야기요. 또 어떤 미국 사업가는 거금을 들여 자기 몸을 실험체 삼아 노화 방지를 연구하고 있대요. 열일곱 살 아들 피를 뽑아 자기 몸에, 자기 피를 뽑아 아버지 몸에 넣기도 한대요. 젊은 혈장을 수혈해 노화를 막겠다는 거죠."

"넌 이런 걸 어떻게 알고 있어?"

"하시원 덕분이죠."

"엥? 누구?"

"우리 반 1등인데 과학 수행 평가 때 걔가 크리스퍼란 유전자 가위 기술 발표를 하면서 별별 이야기를 다 했대요. 전 나중에 소진이가 요약해 준 덕분에 알게 된 거지만요. 아는 게 진짜 많은 애예요. 나중에 과학자가 되는 게 목표래요."

"요즘 중학생들 훌륭하네."

나결은 물을 마셨고, 하랑은 입꼬리를 살짝 올렸다.

"웃긴 이야기 해 줄까요? 하시원이 아들 피 뽑아 자기 몸에 수혈한 사람 이야기를 했을 때 제 머릿속에 떠오른 말은 하나였어요. 와, 돈 많은 또라이 미친놈이다."

하랑이 고개를 차츰 수그렸다.

"그 이야기와 그 지퍼백이 연결될 거라곤 상상조차 해 본 적 없는데……."

하랑이 한층 작아진 목소리로 중얼거리는 것을 나결은 묵묵히 듣고만 있었다. 누가 상상이나 할 수 있을까. 엄마가 젊어지기 위해 자기 손톱과 머리카락을 수집하는 기이한 현실을. 더 나아가 이제 곧 피를 요구할지도 모른다는 사실을.

손님들이 하나둘 나가고 식당 안은 아까보다 한적했다. 두런두런 이야기를 나누며 국수를 먹는 사람들 사이에서 나결과 하랑은 잠시 침묵했다. 어떤 말을 꺼내야 할지 고민하는 나결에게 하랑이 질문을 던졌다.

"이제 어떻게 하죠?"

하랑이 지금 어떤 감정을 느끼는지 나결은 짐작조차 할 수 없었다. 다만 이제껏 꽤나 논리적이고도 예리하게 나결의 모순을 쿡쿡 쑤시던 하랑이 사라진 것 같아 낯설었다. 그만큼 큰 충격을 받은 것 같기도 했고 머릿속이 어느 때보다도 복잡해 보였다.

"일단 사장을 만나 볼게."

"만나서요?"

"증거가 있으니 자수하라고 해야지."

하랑은 입술을 쫑긋 모으고는 나결의 눈동자를 응시했다. 순간 하랑의 눈빛이 날카롭게 반짝였다.

"선배는 이게 이해돼요?"

"뭐가?"

“엄마랑 여자들이 젊어지기 위해 블러드허니를 마실 때 사장은 무얼 얻죠?”

“음……, 아마 돈 아닐까?”

나결은 경우의 수를 계산하며 사장이 얻을 수 있는 이익을 생각해 봤다.

“몇 잔 이상을 마시고 싶으면 돈을 내라고 했겠지. 게다가 나처럼 중독된 사람들이 많으니 장사가 잘되는 건 덤이고.”

하랑은 고개를 절레절레 저었다.

“엄마랑 여자들이 유전자를 건넸잖아요. 그것도 사장이 원하는 젊은 십 대들의 유전자를. 그러니 음료를 무제한 혹은 공짜로 마시게 해 주지 않았을까요? 그런데 갑자기 음료를 주지 않으니 화가 나서 단체 행동을 하는 거 아닐까요?”

하랑의 말에 일리가 있었다. 나결은 속으로 또 한 번 놀랐다. 하랑은 충격적인 진실을 마주한지 얼마 되지 않았는데 금세 이성을 되찾았다. 엄마에게 화가 날 법도 한데 그걸 차분하게 가라앉히고 지금 이 상황에서 가장 중요한 맥락을 잃지 않으려고 애썼다.

사장의 진짜 의도가 무엇인지, 사장이 숨기는 게 무엇인지 파악한 후 사장을 만나면 좋겠지만 그럴 시간이 없었다. 곧 기말고사였다. 여자들만큼이나 나결에게도 블러드허니는 간절했다. 지금으로서는 그랬다.

“사장의 꿍꿍이를 알려면 직접 만나 보는 수밖에 없어.”

“그럴까요?”

나결은 비장한 몸짓으로 고개를 끄덕였지만 이 방법이 최선인지, 자기 마음이 어디를 향하고 있는지 확신할 수 없었다.

나는 하랑의 편일까? 지금 이 순간에 내가 진짜 원하는 것은 무엇일까? 사장을 압박해 자수를 받아 내는 것인가?

아니면…….

"좋아요. 선배는 사장을 만나 봐요. 전 이모한테 녹음 파일을 보내 볼게요."

과연 그게 최선일까? 대꾸하기 전 나결은 잠시 망설였다. 지금 당장 형사가 개입할 사안은 아니라고 보지만 만에 하나라도 개입한다면 그 이후 일이 어떻게 흘러갈지 전혀 예측할 수 없었다. 예측 불가능한 시나리오는 나결이 좋아하지 않는 것 중 하나였다. 공부하면 시간이 걸려도 성적이라는 결과가 도출됐다. 노력하고 애쓰면 그에 맞는 성취를 할 수 있었다. 이렇듯 나결은 모든 것이 예상 가능한 평화로운 세계에서만 살아왔다. 그런데 블러드허니를 마신 후 나결의 삶은 온통 예측할 수 없는 변수로 가득해졌다.

"그 녹음 파일 보내 주세요."

"아, 알았어."

하랑이 눈을 부라리며 재촉했다.

"지금 당장요."

"아, 지금? 잠시만."

나결은 당황하는 척하며 주머니에서 핸드폰을 꺼냈다. 어떻게든 생각할 시간을 벌고 싶었는데 쉽지 않았다. 재촉의 눈길을 보내는 하랑을 힐끔거리며 녹음 파일이 있는 곳에 도착했다. 보낼까 말까. 만약 보내지 않는다면 뭐라고 핑계를 대야 할까. 어떤 근거를 들어 저 아이를 설득해야 할까. 여전히 나결은 어떤 것도 확신할 수 없었다. 짧은 시간 동안 계산기를 아무리 두드려 봐도 결론이 나지 않았다. 녹음 파일을 하랑과 공유하는 일이 자기에게 득이 될지 실이 될지 알 수 없어 답답했다. 한편으론 하랑의 입장은 생각하지 않고 여전히 자기 이익만 생각하는 자신이 한심했다.

"보냈어."

마음과 달리 손가락은 빨랐다. 앞에서 물끄러미 지켜보는 하랑 때문에 파일을 보내지 않을 수 없었다.

"이모한테 보냈어요."

겁나 빠르군. 나결은 침을 삼킨 뒤 하랑을 건너다봤다.

"형사님이 움직이실까?"

하랑은 테이블 위에 핸드폰을 뒤집어 놓으며 짧은 한숨을 내뿜었다.

"아뇨. 꿈쩍도 안 할 거예요."

"어째서?"

"살인 사건이 아니니까요."

하랑은 두 어깨를 으쓱거렸다.

"절도 사건이긴 하잖아."

"뭐가요? 엄마랑 여자들이 자발적으로 건넨 건데요?"

"넌 동의한 적 없잖아. 네 유전자와 개인 정보를 뺏긴 거야."

하랑의 입에서 긴 탄식이 새어 나왔다.

"휴, 이것도 소진이한테 들은 이야기인데요. 부모가 어린 딸을 학대하고 방치해서 죽여도 7년형 때린대요. 그런 사회에서 자식 유전자 탈취? 벌금형도 안 나올 걸요."

"와."

"왜요?"

"아니, 요즘 중학생들 진짜 훌륭하네. 교과서랑 문제집만 들입다 판 나는 명함도 못 내밀겠다."

하랑이 피식피식 웃었다.

"제 주변이 좀 그래요. 저와 질적으로 다르죠."

그제야 나결은 하랑의 웃음이 어떤 의미였는지 알아차렸다. 약간 자조적이면서 스스로를 살짝 비하하는 웃음이었구나.

"뭔 소리야, 너도 훌륭해."

나결은 흠칫 놀랐다. 자기도 모르는 사이 목청을 높여 말하고 있었다. 도마 위에 놓인 김치를 썰던 할머니가 고개를 빠끔 내밀고 이쪽 테이블을 쳐다볼 정도로.

"예의상 하는 말이겠지만 어쨌든 고맙습니다."

나결은 테이블을 주먹으로 쿵, 내리쳤다.

"야, 예의상 한 말 아니거든!"

하랑이 휘둥그레진 눈으로 나결을 바라보았다.

"너 굉장히 예리해. 꽤 논리적이기도 하고. 만날 때마다 놀라고 있어."

나결은 물컵에 담긴 물을 단숨에 마셨다.

"너한테도 장점이 있는데 그걸 네가 모르거나 인정하지 않으면 무슨 소용이냐고. 남들을 바라보듯 네 자신을 바라봐 줘. 친구들은 따스하게 바라보면서 왜 스스로에게는 냉정하게 굴어?"

하랑의 눈동자가 크게 흔들렸다.

"죽는 순간까지 너랑 가장 많은 시간을 보낼 사람은 너야. 사랑해 주라고. 미워하지 좀 말고."

말을 하면서 나결은 깨달았다. 하랑에게 건넨 말은 모두 자기에게 하고 싶었던 말이었다.

성적표를 받고 기뻐하는 부모님의 얼굴보다 "역시 주나결은 한결 같아." "너 참 똑똑하구나."라는 친척 어른들의 칭찬보다 더 중요하고 갈급했던 것은 자기 자신의 인정이었다. 하지만 스스로를 어떻게 인정하고 칭찬해야 하는지 몰랐기에 나결은 늘 숫자에 목을 맸다. 성적과 결과에 맹목적으로 집착했다. 남들의 시선과 칭찬에 휘청거리는 게 당연하다고 믿었다. 주변에 그런 사람만 가득했으니까. 언제나 그게 훨씬 더 쉽고 빨랐으니까.

그래서 과학에 관심이 많으면서도 과학고에 지원하지 않았다. 아빠처럼 과학자가 되고 싶다는 말을 입 밖으로 내뱉지 못했다. 일반고에서 상위권 성적을 유지하면 더 쉽게 성취감을 느낄 수 있을 거라 계산했다. 아무리 칭찬을 들어도 목이 말랐다. 주변 사람들의 칭찬을 끊임없이 듣고 싶었다. 나보다 더 우수한 애들과 경쟁하면서 받을 스트레스가 두려웠다. 실패에 따라오는 상실감을

겨지 않아도 되는 길이 보이면 언제나 주저하지 않고 그 길을 택했다.

익숙한 것에서 벗어나는 일도 스스로를 칭찬해 주는 일도 쉽지 않았다. 자신을 미워하지 않는 것도, 스스로에게 친절해지는 것도 쉽지 않았다. 그 어려운 일을 해 보라고 하랑에게 윽박지르는 자신이 우습기도 했고 짠하기도 했다.

◇ **8**

거래

하랑

이모에게 녹음 파일을 보내고 며칠이 지났는데 연락이 없었다. 먼저 연락해 볼까 고민하다가 그만두었다. 이모가 얼마나 바쁜지 누구보다도 잘 아는 사람이 하랑이었다. 더는 이모를 귀찮게 하고 싶지 않았다.

선배는 사장을 만났을까? 만났다면 어떤 이야기를 나눴을까?

시험 기간이라 학원 수업이 늦게 끝났다. 녹초가 된 몸으로 집에 들어오니 엄마가 무표정한 얼굴로 텔레비전 화면을 바라보고 있었다. 몇 주 전부터, 그러니까 블러드허니를 마시지 못하게 된 이후로 엄마는 다시 예전으로 돌아갔다. 더는 웃지 않았고 콧노래를 흥얼거리지도 않았다.

"배고프면 샐러드 먹어. 냉장고에 있어."

엄마가 무심하게 말했다. 말할 때 하랑 쪽을 쳐다보지도 않았다. 하랑은 손을 씻고 나와 냉장고 문을 열었다. 샐러드가 담긴 플라스틱 박스가 여러 개 보였다. 샐러드 박스와 포도주스를 하나씩 꺼내 식탁에 앉았다.

입이 껄끄러웠다. 역시나 국물이 당겼다. 라면을 끓여 먹으면 왜 야심한 밤에 라면 냄새를 풍겨서 다이어트하는 사람을 괴롭히느냐고 한 소리 하겠지? 순간 하랑은 조금 억울해졌다. 밥과 국이 있는 밥상을 차려 달라는 것도 아니고, 맛있는 국수를 해 달라는 것도 아니다. 라면을 끓여 달라는 것도 아니고 내 손으로 끓여 먹겠다는데 그마저도 눈치를 봐야 하다니.

엄마는 오래 전부터 요리를 하지 않았다. 요리에 재주도 없었고 손에 물을 묻히는 것도 싫어했다. 냉장고에는 늘 사 온 반찬들과 레토르트 식품, 샐러드가 있었다. 무지하게 바빠서 일주일에 한 번 겨우 얼굴을 볼까 말까인 아빠는 별 불만 없이 엄마가 사 둔 반찬들을 먹었고 샐러드는 엄마가 먹었다. 하랑은 전부 다 별로였지만 그 날 당기는 걸 번갈아 먹는 수밖에 없었다. 어쩐지 오늘은 둘 다 먹고 싶지 않았다. 국물이 당길 뿐이었다.

"엄마, 얘기 좀 해."

하랑의 말투가 평소보다 단호하다고 느꼈던 걸까. 그제야 엄마가 화면에서 시선을 떼고 고개를 돌렸다.

"학원비 오늘 이체했어. 깜빡했더라고."

하랑은 소스를 샐러드 위에 뿌린 후 포크로 휘저었다.

"그런 거 아니야. 그거 끄고 잠깐 와 봐."

아직 엄마와 대화를 시작조차 안 했는데 묵직한 피로감이 덮쳐 왔다. 대화를 위해 엄마를 자기 곁에 앉히는 것에 이렇게 많은 에너지가 필요한데 하고 싶은 말을 다 꺼내고 나면 쓰러지는 거 아닌가 싶었다. 자꾸 입 밖으로 새어 나오는 한숨을 참으려고 하랑은 양상추와 삶은 계란을 포크로 찍어 입에 마구 넣었다.

"다 먹고 말해야지."

엄마는 마지못해 움직인다는 얼굴로 텔레비전을 끄고 하랑 맞은편에 앉았다. 오늘따라 엄마는 어둡고 불행해 보였다. 하랑은 포크를 가만히 내려놓았다. 먼저 입안에 있던 음식물을 다 삼켰다. 엄마한테 음식물이 튀면 질색할 테니까.

"나 다 알아. 엄마 블러드허니에 중독된 거."

블러드허니라는 단어를 꺼내자 더는 배가 고프지 않았다.

"그게 뭔데?"

혁, 발뺌하시겠다. 내가 어떤 증거를 갖고 있는지 알면 뒤로 넘어가겠군.

하랑은 블러드허니 색깔과 비슷한 포도주스를 한 모금 마셨다. 먹은 것도 별로 없는데 갑자기 속이 더부룩했다.

"주말 빼고 매일 카페 블러드 갔잖아. 아니야?"

"뭐?"

"모른 척하지 마. 이모가 알려 준 정보야."

엄마의 얼굴은 고요했다. 눈가에 작은 주름이 생기면 엄마는 병원으로 달려가 보톡스를 맞았다. 주사를 맞을 때마다 얼굴은 팽팽해졌지만 동시에 엄마는 표정과 생기를 잃었다. 잔주름이 생길까봐 잘 웃지도 않았다. 하랑은 엄마를 볼 때마다 얼굴 근육을 자유롭게 쓰지 못하는 게 답답해 보였다. 하지만 엄마는 단 하나의 주름도 용납할 수 없다는 듯이 주기적으로 관리를 받았다.

문제는 엄마의 욕심이었다. 적정 주기와 용량을 지키지 않으면 내성이 생길 수 있다며 병원이 시술을 거부하자 엄마는 다른 병원을 찾아갔다. 새로 찾은 병원은 엄마가 지금까지 시술받은 내용을 공유받았고 의사는 이렇게 무분별하게 맞으면 큰일 날 수 있다며 엄마를 돌려보냈다.

"잘됐네. 상황 대강 아니까 나도 부탁 하나 하자."

엄마는 하랑 앞쪽에 있던 포도주스 병을 낚아채더니 유리병을 기울여 천천히 주스를 마셨다. 엄마의 입가에 검붉은 주스가 흔적을 남겼다.

"헌혈 좀 해 줘. 많이는 아니고 조금."

엄마는 손등으로 주스 자국을 훔쳐 냈다. 하랑은 아랫입술을 세게 깨물며 주먹을 꽉 쥐었다. 손이 부들부들 떨려 왔다.

당황하지 말자. 약점을 보여선 안 돼. 여기서 주도권을 빼앗기면 끝장이야.

"싫다면?"

"딱 한 번이야."

"그래도 싫어."

"좀 해 주지?"

"싫다니까."

하랑은 샐러드 박스 뚜껑을 닫았다. 식욕이 완전히 사라졌다. 지금은 할머니 국수가 앞에 있다고 해도 먹지 못할 것 같았다.

"이제까지 키워 주고 보살폈는데 이까짓 것도 못 해 줘?"

논술 대회를 준비하면서 소진은 매일 신문을 챙겨 봤다. 게다가 〈그것이 알고 싶다〉의 열렬한 팬이었다. 어느 날 소진이 착 가라앉은 목소리로 이야기했다. 경제적으로 완전히 무너지고 파산해 자살을 결심할 때 자식을 먼저 죽이는 부모가 아직도 있다고 그러면서 소진은 덧붙였다. 이런 사건이 유독 한국에서 자주 발생하는 건 문제가 있는 거라고. 자식을 독립된 인격체가 아니라 자기 소유물로 생각하는 부모가 많은 거라고.

"엄만 스스로가 좋은 엄마라고 생각해?"

하랑의 목소리가 조금 떨렸다.

"아닐 건 또 뭔데?"

하랑은 엄마가 자신을 따뜻한 눈빛으로 바라봐 주기를 바랐다. 자신이 샐러드보다 국물 요리를 좋아한다는 사실을, 포도주스보다 오렌지주스를 좋아한다는 사실을, 수학보다 국어를 좋아한다는 사실을 엄마가 알아 주기를 바랐다. 엄마가 거울을 들여다보는 횟수의 반이라도, 아니 반의 반이라도 딸의 얼굴을 들여다봐 주기를 바랐다. "오늘 기분이 좀 별로니?" "쌍꺼풀 생겼네. 많이 피곤해?" "시험 기간이니까 기력 달리지. 설렁탕 먹으러 갈까?" 이런 말들을 해 주기를 간절히 바랐다.

무엇보다도 하랑은 엄마가 부드럽고 따뜻한 목소리로 자기 이름을 불러 주기를 원했다.

"엄마는 늘 나보다 엄마 자신이 소중해. 그렇지?"

"당연한 거 아니니?"

"아니. 그렇지 않은 엄마들도 있어. 자식을 더 소중하게 생각하는 엄마들도 많다고."

"다른 사람들이 어떻게 사는지 관심 없어. 어쨌든 난 내가 소중해. 너만큼이나 내 인생도 소중하고."

엄마가 냉정하게 말했다. 그 순간 하랑은 마음속에서 실 같은 것이 뚝 끊기는 느낌을 받았다. 엄마가 진심으로 걱정하며 무조건적인 사랑을 주기를 갈구한 시간들이 아까웠다. 이제 그만 하자. 어차피 엄마는 바뀌지 않는다. 엄마와 마주 앉아 따뜻한 밥을 함께 먹고 싶다는 마음을 과감히 버리자.

"엄마한테 내가…… 소중하긴 해?"

"어머머, 애 좀 봐. 너 무슨 말을 그렇게 하니?"

하랑은 눈을 크게 뜨며 엄마를 쏘아봤다.

"좋아. 엄마는 지금처럼 죽 격하게 자길 아껴. 나도 날 아끼고 지킬 테니까. 그러니까 피는 못 줘."

"어머어머, 애가 진짜 왜 이래. 너 내 딸 맞아?"

아니. 나 엄마 딸 아니야. 그냥 나야. 오늘따라 '내 딸'이라는 말이 듣기 거북하고 굉장히 거슬렸다.

"얘가 몇 주 사이에 왜 이렇게 달라졌어?"

하랑은 엄마를 째려보다가 고함을 빽 질렀다.

"달라지는 게 당연하지. 한참 크고 자랄 때잖아!"

엄마는 두 눈을 깜빡거리다가 자리에서 일어났다.

"얘가 정말. 소리는 왜 지르고 난리야? 교양 없게."

엄마는 진절머리를 치다가 자리에서 일어났다. 그러고는 자기 방으로 들어가 문을 꼭 닫았다. 하랑은 길게 한숨을 내쉬며 눈을 질끈 감았다. 주먹을 꽉 쥐고 있던 손이 여전히 떨리고 있다는 것을 깨달았다. 심장도 빠르게 뛰었다.

현실은 드라마와 다르다는 걸 잘 알았다. 그래도 하랑은 드라마 속에서 가족이 모여 따뜻한 식사를 하는 장면을 볼 때마다 부러웠다. 소진이 학원을 갔다 오면 엄마가 간식을 챙겨 주면서 이거 먹어 봐라, 저걸 더 먹어라 잔소리해서 힘들다고 불퉁거렸을 때 하랑은 마음이 아렸다.

샐러드 박스를 싱크대에 넣으며 하랑은 생각했다. 달맞이꽃차를 한 잔 마시고 싶다고. 그러면 쿵쾅거리는 심장도 차분해질 것 같았다.

나도 중독인가? 블러드허니 말고 다른 음료에도 모두 중독 현상이 있는 건가? 시계를 확인해 봤다. 아직 카페가 운영 중인 시각이었다. 하랑은 가방을 다시 메고 집을 나섰다.

나결은 카페 마감까지 기다렸다. 민호 형 말에 따르면 사장은 평일 마감 때도 지하실에서 올라와 직원들의 인사를 받고 카페 문을 직접 잠근다고 했다. 직원들이 인사하고 나가는 순간을 노릴 생각이다.

밤 열한 시. 마감을 끝낸 직원들이 하나둘 카페를 나섰다. 나결을 알아차리고 가볍게 인사를 건네는 직원도 있었다. 민호 형의 모습도 보였다. 나결은 카페 근처에 서 있다가 자연스럽게 출입구로 다가갔다. 나결을 발견한 민호 형이 눈썹을 찡그렸다. 오늘 출근하는 날도 아닌데 웬일이냐는 뜻이었다. 나결은 다짜고짜 민호 형에게 팔짱을 끼며 그를 옆 건물 쪽으로 이끌었다.

"무슨 일, bro?"

"부탁이 있는데요."

부탁이라는 말에 민호 형은 호기심이 그득한 얼굴로 나결을 바라보았다.

"열쇠 좀 훔쳐 줘요."

"키? 무슨 키?"

"사장이 지하실 들어갈 때 비번 누르면 훔쳐봐 줘요. 실수로 카드 키를 흘릴 수도 있고요."

"헐, 너 아직도 지하실에 obsession이냐?"

민호 형이 혀를 끌끌 찼다.

"서로 좀 돕고 삽시다."

민망함이 몰려들어 나결은 일부러 더 뻔뻔하게 나갔다.

"그래. 거래하자."

"거래요?"

"형이라고 부르면 해 줄게."

그럼, 그렇지. 넙죽 해 줄 인간이 아니지. 나결은 눈을 질끈 감았다가 떴다. 눈앞에는 전혀 형으로 느껴지지 않는 사람이 헤벌쭉 웃고 있었다. 이렇게까지 해야 하나 고민하는 순간 하랑의 얼굴이 스쳐 지나갔다. 하랑이라면 어땠을까. 필요할 때 자신을 솔직하게 드러내는 용기와 필요한 사람에게 도움의 손길을 요청하는 태도를 떠올렸다. 한 번쯤은 자신도 용기를 내고 싶었다.

"흠흠, 민호 형 부탁 좀 할게요."

온몸에 소름이 돋았다. 나결의 말을 듣고 히죽히죽 웃더니 민호 형은 엄지손가락을 척 치켜올렸다.

"Deal!"

민호 형이 키득키득 웃으며 멀어져 갔다. 나결은 안도의 한숨을 쉬고는 재빨리 몸을 돌렸다. 사장이 나올 시간이었다. 나결이 카페 안으로 들어서자 마지막까지 남아 있던 직원이 사장에게 인사를 건넨 뒤 밖으로 빠져나갔다. 사장은 뜻을 알 수 없는 눈빛으로 나결을 힐끗 바라볼 뿐 오늘도 의중을 읽을 수 없는 얼굴이었다. 주말에만 출근하는 나결이 왜 평일에 모습을 드러냈는지 전혀 궁금하지 않은 눈치였다.

"저⋯⋯. 드릴 말씀이 있는데요."

"음, 오 분이면 될까? 나도 정리하고 들어가야 해서."

"십 분이면 됩니다."

사장이 카운터 근처에 놓인 테이블로 다가갔다. 나결도 맞은편 의자에 몸을 붙였다. 앞으로 사장과 어떤 대화를 나누게 될지 예측이 안 됐고 그 예측 불가능함이 못마땅했다.

사장이 게슴츠레한 눈빛으로 나결을 올려다봤다. 빨리 용건을 말하라는 뜻이었다. 그 눈을 마주 보는데 나결의 머릿속으로 어젯밤 인터넷에서 읽은 문장들이 휘리릭 지나갔다.

하랑이 말해 준 '노화와의 전쟁을 선포한 미국 사업가'를 검색하다가 관련 기사들을 읽게 됐다. 그러다 어떤 블로그에서 텔로머레이스 연구소 이야기를 봤다. 병들지 않고 늙지 않는 효소에 관한 연구에 과감히 투자한 기업 이야기였다. 하지만 그 연구는 결국 실패로 끝났다고 했다.

나결은 주머니에서 핸드폰을 꺼내 하랑에게 들려주었던 녹음 파일을 재생했다. 침묵을 가르며 여자들의 목소리가 카페 공기를 가득 채웠다. '저 쳐 죽일 년 때문에'를 듣고 사장의 눈썹이 꿈틀거렸다. '저게 완전 돌았지'를 들었을 때는 입꼬리를 씩 올려 웃기까지 했다. 무슨 뜻인지 알 수 없는 묘한 미소라 섬뜩했다.

파일 재생이 끝나자 사장은 테이블 위에 올린 두 손을 마주 잡았다.

"뭐가 더 궁금한데?"

블러드허니의 비밀을 나결이 알게 됐는데도 사장은 전혀 당황하지 않았다. 뭐지, 저 당당함은? 오히려 나결이 당황하고 있었다. 나결의 등줄기를 타고 땀방울이 흘렀다.

"이거 불법인 건 아시죠?"

"어디가?"

"남의 유전자를 불법으로 사용했잖아요."

"내가? 증거 있니?"

나결은 테이블 위에 얌전히 누워 있는 자기 핸드폰을 두 번째 손가락으로 가리키며 목소리를 높였다.

"이게 증거죠."

"저 여자들 말이? 음료 많이 팔려고 과장 광고를 좀 한 거지. 먹으면 젊어지고 아름다워지고 뭐 그런다고. 그것도 죄가 되나?"

"여자들이 애들 손톱이랑 머리카락 넘겼잖아요. 사장님한테."

분명 자연스럽게 튀어나온 단어였는데 갑자기 나결은 사장님이라는 단어가 낯설게 다가왔다. 과연 저 사람에게 이런 호칭이 어울리는지 모르겠다.

"자발적으로 줘서 받긴 했는데 안 썼어."

"뭐라고요?"

"받았는데, 음료에는 안 넣었다고."

거짓말이다. 온몸이 바짝 곤두선 나결은 직감적으로 알았다. 그런데도 어떤 말로 반박해야 사장의 꼬투리를 잡을 수 있는지 알 수 없었다. 이럴 때 하랑이나 소진이 곁에 있었다면 자기가 미처 생각하지 못한 부분을 논리적으로 파고들거나 반박했을 텐데. 혼자라서 버겁다는 느낌은 처음이었다. 심장이 그 어느 때보다도 쿵쾅거렸다. 긴장감에 입이 바짝 말라 마른침을 삼켰다.

"그럼 지하실을 보여 주세요."

"지하실에 뭐가 있는데?"

"거기 비밀이 있잖아요. 모를 줄 알아요?"

"요즘 애들이란. 너 허접한 추리 소설을 너무 많이 봤구나?"

"감추는 거 없으면 당장 보여 주면 되겠네요."

"하하하."

사장은 고개를 젖히더니 카페가 떠나갈 듯이 크게 웃어 댔다. 그 웃음소리가 나결의 심장을 기분 나쁘게 쑤셨다.

"이봐, 고딩."

한참을 웃던 사장이 다리를 꼬며 나결을 똑바로 바라봤다.

"너 지금도 블러드허니 마시고 싶지?"

사장이 말랑말랑하고 나른한 목소리로 물었고 나결은 아무 대답도 할 수 없었다. 감추고 싶었던 추악한 비밀이 들통난 기분 그리고 맨손으로 칼을 가지고 있는 상대와 싸우겠다고 덤비다가 심장이 도려내지는 기분이었다.

"이런 건 증거가 안 돼. 내가 안 했다고 하면 그만이거든. 알겠니?"

사장의 기다란 손톱이 나결의 핸드폰을 콕콕 찔렀다. 나결의 예측이 또 어긋났다. 사장은 예상보다 더 뻔뻔하고 노련했다. 내가 감당할 만한 사람이 아닌 걸까? 내가 감당할 만한 사람이 있기는 할까? 핵심에서 벗어난 잡다한 생각들이 밀려들었다. 나결은 중요한 순간에 중요하지 않은 생각을 하는 자신에게 짜증이 났다.

"말귀 잘 알아들었지? 너 공부 잘한다며."

"그건 어떻게⋯⋯."

"민호가 그러더라. 그리고 이미 알고 있었어. 너 블러드허니 많이 마시고 싶어서 여기 알바 시작한 거."

사장은 꼬았던 다리를 풀며 테이블 모서리에 몸을 기댔다. 사장과의 거리가 좁혀지자 알싸한 향수 냄새가 코를 찔렀다.

"내가 제안 하나 할게."

향수 냄새 때문인지 머리가 지끈거리고 정신이 아득해졌다.

"네 피를 가져와. 다른 애 피도 괜찮고. 그걸로 슈퍼 블러드허니를 만들어 줄게. 그것도 무제한으로."

나만을 위한 슈퍼 블러드허니라. 갑자기 입안에 침이 잔뜩 고였다. 몸이 절절히 말했다. 시원하고 달콤하면서 새콤한 블러드허니를 지금 당장 마시고 싶다고. 그것도 아주아주 많이.

"괜찮은 거래 아니니?"

"슈퍼 블러드허니가 뭐죠?"

"굉장한 거지. 그걸 마시면 지금까지 네가 마셨던 블러드허니는 아무것도 아니었다는 걸 알게 될 거다."

사장은 다시 입꼬리를 한껏 올려 쿡쿡거렸다.

"이 음료가 특별한 이유는 내가 원재료를 엄격하게 관리하기 때문이야. 너도 느꼈잖아. 블러드허니는 사람을 행복하게 해 줘. 가능성을 끄집어내 올린다고. 슈퍼 블러드허니를 마시고 네가 얼마나 더 성장할지 궁금하지 않니?”

원하는 것과 약점은 연결된다. 원하는 것이 많고 강렬할수록 그 사람은 약자가 된다. 나결이 원하는 것이 무엇인지, 나결의 약점이 무엇인지 빠삭하게 파악한 사장이 칼자루를 쥐고 있었다. 권력을 장악한 사장은 나결에게 선택을 가장한 명령을 내리고 있었다.

애들 피를 구해 와. 그러면 블러드허니를 무제한으로 마시게 해 줄게. 그것도 그냥 블러드허니가 아니라 슈퍼 블러드허니를. 그걸 마시고 자신이 어떻게 달라지고 얼마나 더 똑똑해질지 나결이 궁금해하리란 걸 잘 아니까.

머리가 팽팽 돌아가고 똑똑해지는 기분은 황홀했다. 평소 하나의 문제를 끈질기게 물고 늘어지지 못하던 자신이 인내심을 갖고 문제를 장악하는 느낌이 행복했다. 무엇보다도 엄청난 몰입감이 주는 행복이 대단하다는 사실을 처음으로 깨달았다. 어쩌면 지금 나결은 좋은 성적만큼이나 엄청난 몰입을 원하는 건지도 몰랐다. 굉장한 집중력이 발휘되는 순간 미치도록 행복했으니까.

사장은 나결의 마음을 간파했다. 가능성이 확장되고 팽창되는 느낌과 엄청난 몰입이 주는 쾌감은 어떤 걸까. 슈퍼 블러드허니를 마시고 달라진 모습을 맞닥뜨린다면 어떤 느낌일까. 얼마만큼 이색적이고 낯선 경험일까. 그 기분을 당장 느껴 보고 싶어 나결은 애가 탔다. 미칠 것만 같았다.

금방이라도 사장의 제안을 받아들일 것만 같아 엉거주춤 자리에서 일어섰다. 당장 여기에서 벗어나야 한다는 생각이 강렬하게 들었다.

"생각할 시간 충분히 줄게."

사장은 나결의 뒤통수에 대고 말했다. 큰 호의를 베푼다는 듯이 말이다. 나결은 카페를 빠져나와 모퉁이를 돌자마자 벽에 몸을 기댔다. 눈을 질끈 감으니 눈앞에 두 개의 갈림길이 떠올랐다.

하나의 길은 슈퍼 블러드허니가 담긴 커다란 트라이탄 컵으로 이어졌고 다른 길은 하랑의 얼굴로 이어졌다. 결정을 내려야만 했다. 기말고사가 코앞으로 다가와 있었다. 말 그대로 시간이 얼마 남지 않았다.

9

카드 키

하랑

하랑은 집을 나서며 소진에게 연락했다. 소진은 카페가 아닌 할머니 국수 가게에서 만나자고 했다. 바깥 공기를 마시면서 빠르게 걸었더니 속이 진정되고 배가 다시 고팠다. 국수 가게 앞에서 기다리고 있는 소진을 보고 하랑은 손을 흔들었다. 길 건너편을 보니 카페 블러드가 아직 영업 중이었다. 달맞이꽃차를 마실까 하고 잠시 흔들렸다. 그 순간 하랑의 콧속으로 구수한 잔치국수의 멸치 육수 냄새가 스며들었다. 저녁 내내 비어 있던 속이 허기를 알렸다. 하랑과 소진은 국수 가게로 들어갔다.

국수를 다 먹은 뒤 하랑은 나결 선배가 녹음한 파일 이야기와 방금 엄마와 한판 하고 온 이야기까지 전부 털어놓았다. 뜨끈한 국수 국물을 마시며 이야기를 쏟아냈더니 숨통이 트였다.

"어머님 캐릭터 참 일관성 있어."

"일관성?"

"변함이 없다고."

"아."

하랑과 소진은 소화할 겸 동네를 한 바퀴 걷기로 했다. 더위가 하루마다 더 강력해졌다. 밤인데도 공기가 엄청나게 후덥지근하고 푹푹 쪘다. 그 말은 기말고사가 이제 얼마 남지 않았다는 뜻이기도 했다. 이번 기말고사도 수학을 망치면 엄마가 아빠한테 이야기해서 수학 과외를 알아본다고 했다. 수학 학원도 싫지만 과외는 더 싫었다.

"나 이번 기말 끝나면 선배한테 고백할 거다."

"와, 커플 탄생?"

"후, 아닐걸."

"왜?"

"그냥 여자의 직감이랄까. 선배는 나한테 관심 없는 것 같더라고."

이럴 때 어떤 말을 해야 할지 하랑은 알 수 없었다. 사랑을 해 본 적도, 연애를 해 본 적도 없으니까. 조금이라도 경험이 있다면 하나뿐인 친구를 위해 그럴 듯한 말로 위로해 줄 수 있을 텐데.

"근데 차일 확률 높아도 고백할 거야. 까여도 당분간은 좋아할 거야."

"대박! 개 멋지다, 김소진."

“내가 좀 멋지긴 하지.”

소진이 피식 웃었다. 곧바로 하랑이 생긋 웃자 소진은 깔깔거렸다. 통쾌하게 함께 웃어 젖히자 지금까지 하랑을 괴롭히던 고민들이 일순간 사라져 버리는 것 같았다.

“그동안 솔직히 사랑에 빠져서 시간 낭비하는 애들 보면서 한심하게 생각했어. 그럴 시간에 공부나 하지. 그런데 막상 좋아하는 사람이 생기니까 생각보다 황홀하고 멋져. 마음이 내 마음대로 되지 않는 상태라 좌절스러운데 또 흥미로워. 심장에 커다란 구멍이 뚫린 것 같아 허전한데 또 충만해. 내 말 이해 안 되지.”

자기 말이 웃긴지 흥흥거리는 소진에게 하랑은 미소로 화답하며 고개를 가만히 끄덕였다. 소진 말대로 이해는 안 가는데 그래도 멋지긴 했다.

헤이즐넛라테 ‘덕분’인지 ‘때문’인지 사랑에 빠진 소진은 완전히 달라졌다. 더는 이성과 논리로만 대화하지 않았다. AI라는 소진의 별명을 갈아 치울 때였다. 요즘 소진은 자주 웃었고 예전이라면 절대 하지 않을 실수도 했다. 완벽했던 모습도 좋았지만 하랑은 그렇게 변한 소진이 차츰 마음에 들었다. 어쩌면 소진이 이성에서 감성으로 옮겨 간 덕분에 하랑도 자기 안에 숨어 있던 논리를 나결 앞에서 꺼낸 건지도 모른다. 그리고 어쩌면 사랑에 빠진 소진 덕분에 나결 선배와 더 빠르게 가까워졌는지도 모른다.

사랑이란 뭘까. 그 사람의 허점을 보완하고 원래 가지고 있던 성격보다 더 풍성한 성격을 장착하게 해 주는 마법 같은 일일까.

사람을 변화하게 만드는 신비로운 힘을 지니고 있는 걸까. 그렇다면 언젠가는 사랑을 해 보고 싶다고 하랑은 생각했다.

"나결 선배 괜찮은 사람 같아. 볼수록 마음에 들어."

"그렇지?"

하랑이 선배를 칭찬하자 소진은 볼을 빵빵하게 만들며 사랑스러운 표정을 지었다. 그런 소진에게 하랑은 선배가 던진 말들을 두서없이 전했다. 선배가 어떤 문장을 썼는지 정확하게 기억나지 않아 두루뭉술하게 뉘앙스만 설명했다.

"나한테도 특별한 구석이 있으니까 그만 미워하래. 스스로를."

"앗 씨."

소진이 걸음을 멈추고는 분통을 터뜨렸다.

"아, 그 말 내가 해 주려고 했는데 감히 선배가 선수를 치다니."

소진이 허리춤에 두 손을 올리며 씩씩거렸다.

"어휴, 분해."

"뭐래."

그런 소진의 모습이 귀여워서 하랑은 피식 웃었다. 하랑을 힐끔거리던 소진이 몸을 돌려 하랑의 두 손을 덥석 잡았다. 하랑의 두 눈이 잠깐 흔들렸다. 소진의 맑은 눈동자가 하랑을 응시했다. 하랑 역시 소진의 시선을 피하지 않았다. 서로의 눈빛을 한참 들여다보는 일은 실로 오랜만이었다.

"잘 들어, 하랑. 쪽팔리니까 딱 한 번만 이야기할 거야."

하랑은 소진을 마주보며 천천히 고개를 끄덕였다.

카드 키

“너에겐 꽤 많은 장점이 있어. 잡생각을 끈덕지게 물고 늘어지는 끈기. 궁금한 건 끝까지 파헤쳐서 알아내는 집요함. 자신에게 무엇이 부족한지 냉철하게 파악하는 객관성. 그때마다 부족한 부분을 채우려면 누구에게 도움을 청해야 하는지 정확히 알고 있는 상황 파악 능력. 도움받는 것을 창피해하지 않는 열린 마음까지. 그러니까 네가 자부심을 좀 가지면 좋겠어. 할 수 있지?”

소진이 선택한 단어들은 오늘따라 좀 어렵고 거창했지만 어쩐지 싫지 않았다. 그저 진심으로 고마웠다. 있는 그대로 바라봐 줘서, 진심으로 들여다보고 발견해 줘서, 하랑의 장점을 정확하게 파악해 줘서, 창피함을 감수하고 그걸 이야기해 줘서.

하지만 나결 선배와 소진이 아무리 이야기해 줘도 나 스스로 자기를 사랑하지 않으면 아무 소용이 없다. 나 자신을 있는 그대로 사랑하고 단점도 그러려니 껴안아 주는 일. 내가 하찮아 보일 때조차 “괜찮아.” “충분히 애썼어.”라고 말해 주며 더 따뜻하게 바라봐 주는 일. 그건 부단히 애쓰고 노력해도 쉽지 않은 일이었다. 그래도 포기하지 않고 오늘부터 조금씩 해 봐야겠다. 매일 처음부터 다시 시작하는 마음으로. 그런 다짐을 하며 하랑은 어느 때보다도 큰 목소리로 외쳤다.

“알겠어!”

호탕하게 대답하고 씩씩하게 걸어가는데 하랑의 눈앞에 엄마 얼굴이 번쩍 떠올랐다. 소진이 자신을 들여다봐 주듯 엄마가 사랑해 주기를 간절히 바랐다. 아무리 물을 마셔도 강렬한 갈증을 느끼는 사람처럼 엄마의 관심을 갈구했다. 자기 주도 학습 강사가 입이 닳도록 이야기했던 그 자존감이라는 것을 높이고 싶었지만 쉽지 않았다. 부모의 사랑을 담뿍 받은 사람은 자존감이 높다는 말을 들었을 때 울컥 화가 났던 시간들이 파노라마처럼 눈앞으로 지나갔다.

다음 날, 하랑은 소진에게 받을 게 있어 만나 할머니 국수 가게로 향했다. 가게 앞에서 소진을 만났다. 하랑은 작은 길을 사이에 두고 국수 가게와 마주 보고 있는 카페 블러드를 건너다봤다. 그때 나결 선배가 카페 밖으로 뛰쳐나오더니 잠시 후 카페 불이 꺼졌다. 순간 소진과 눈이 마주쳤다.

선배 어디 가는 거지?

글쎄. 쫓아가 볼까?

눈빛을 주고받은 뒤 하랑과 소진은 선배를 뒤따라갔다. 선배는 핸드폰으로 통화를 하더니 급히 큰 도로변으로 달려갔다. 빠르게 횡단보도를 건너는 선배를 놓치지 않으려고 하랑과 소진은 부지런히 발을 놀렸다.

나결

사장과 이야기한 다음 날, 고등학교 근처 근린공원에서 민호 형을 만났다. 급히 할 말이 있으니 시간 좀 내라는 연락을 받고 나결은 학원 보충을 듣다 뛰어나왔다.

"별 관심 없겠지만 나도 저 학교 나왔어."

형은 주머니에서 담배를 꺼내며 고갯짓으로 나결이 다니는 학교를 가리켰다. 나결은 거친 숨소리를 정리하다가 형이 앉아 있는 벤치 끝자리에 엉덩이를 갖다 댔다.

"미국에서는 아시아인이라고 따돌렸는데 여기 오니까 말할 때 혀 굴리는 거 재수없다고, 유학한 티 낸다고 따 시키대. Jesus, 뭐 어쩌라는 건지."

담배에 불을 붙이는 형을 물끄러미 보다가 나결은 관자놀이를 손끝으로 꾹 눌렀다. 아주 급한 일이라더니 느긋한 얼굴로 담배를 꼬나 물고 자기 신세타령이나 하고 있다.

"그래서 내가 공부를 잘하지 못했어. 이쪽저쪽에서 따를 당하니까 confidence 줄어든 거야. complex 때문이지 내가 공부 잘 하고 자기 관리 철저한 인간을 좋아해. 너 같은 사람."

형이 나결 쪽으로 담배 연기를 내뿜었다. 숨이 턱 막히고 머리가 띵했다. 순간 빠진 보충을 메우려면 얼마나 공부해야 할지 아득해졌다. 휴, 오늘도 일찍 자기는 글렀구나. 머리통이 깨질 듯이 아파 오면서 모든 것이 다 지긋지긋하고 덧없게만 느껴졌다. 나결은 이제 그만 침대에 드러누워 쉬고 싶었다.

"짜잔."

담배를 들지 않은 손으로 형이 뭔가를 내밀었다. 나결은 얼떨결에 그걸 받아 들었다. 카드 키였다.

“사장 거 쌔볐어.”

이어지는 형의 설명은 이러했다. 마감을 앞두고 청소를 하는데 사장이 전화 통화를 하며 화장실 앞을 이리저리 오갔다. 형이 복도를 청소하며 사장 근처로 다가갔을 때 청바지 뒷주머니에 꽂혀 있는 카드 키가 눈에 들어왔다. 오늘따라 유난히 삐져 나와 있었다. 순간 나결이 했던 부탁이 생각났고, 손이 저절로 움직였다. 얼마든지 낚아챌 수 있을 것 같아 무작정 손을 뻗었다.

“대박! Thank you!”

감사 인사를 했는데도 형의 눈초리는 여전히 매서웠다. 눈썹이 송충이처럼 꿈틀거리며 이렇게 말하는 듯했다.

야, 너 뭔가 빠진 말이 있지 않니?

그걸 눈치 챈 나결이 얼른 덧붙였다.

“……형.”

그토록 확보하고 싶었던 카드 키를 이렇게나 빨리 손에 넣을 줄이야. 진작 도움을 요청할걸 그랬다는 후회가 밀려들었다.

형은 어깨를 으쓱하고는 심드렁하게 대꾸했다.

“이제 너 basement 들어갈 수 있겠네.”

말을 끝내 놓고 형은 낄낄 웃어 댔다. 이마를 살짝 찌푸리며 나결은 두 팔을 허벅지 위에 올렸다.

“이걸로 지하실 못 들어가요. 거긴 생체 인증을 해야 해요.”

“Biometric Security? 크크, 존나 빡세네!”

끅끅거리며 웃는 형을 보는데 갑자기 503호의 평범한 도어락이 떠올랐다. 혹시 이 카드 키가 503호 열쇠라면?

나결이 카드 키를 내려다보는데 형이 하늘을 바라보며 중얼거렸다.

"그거 아냐? 사장이랑 너랑 좀 닮았다."

형이 시선을 내려 나결을 멍하니 봤다. 담배 연기 때문에 다시 눈이 시큰거리고 기침이 나왔다.

"재미있는 이야기 하나 해 줄까?"

형은 다시 멍하니 하늘을 바라보았다.

"내가 미국에 있을 때 한인 사회가 떠들썩했던 적이 있었어. 한국인 여자가 미국 연구소에서 뭘 훔쳤다는 거야. 그 여자 얼굴이 뉴스에 자주 나와서 기억하거든. 그런데 어제 카드 키를 훔치기 전에 알아차렸어. 카페 조명이 사장 얼굴에 내리꽂혔을 때 아, 이 얼굴 본 적 있는데?"

나결은 더디게 눈동자를 끔벅거렸다. 형이 늘어놓는 이야기가 이해되지 않았다.

"닮았어."

"내가 사장이랑요?"

"아니. 뉴스에 나온 여자랑 사장."

형은 담배를 빨아들인 뒤 다시 중얼거렸다.

"만약 성형 수술을 해서 달라진 거라면? 충분히 있을 수 있는 이야기지."

나결은 형의 팔을 툭 쳤다.

“잠깐만요. 몇 년 전에 뉴스에서 본 얼굴을 기억한다고요? 에이, 설마요.”

“말했잖아. 내가 공부 잘하는 인간들 좋아한다고. 뉴스에서 그 여자 보자마자 느꼈거든. 진짜 공부 잘하게 생겼다고.”

형은 자리에서 일어나더니 한 손을 주머니 깊숙이 찔러 넣었다.

“하여튼, 이제 문제가 좀 풀리겠네.”

“무슨 문제요?”

“Stop question! 거참, 도와줘도 말 되게 많네.”

형은 귀찮다는 듯이 손사래를 치더니 저벅저벅 어디론가 걸어갔다. 손에 쥐고 있던 카드 키를 힐끗 보다가 나결도 일어서려는데 어디선가 하랑과 소진이 들이닥쳤다. 나결은 다급히 카드 키를 주머니에 쑥넣었다. 생각할 겨를도 없이 본능적으로 그랬다.

“선배, 괜찮아요?”

소진이 나결에게 가까이 다가오며 물었다.

“너희 여기서 뭐 해?”

“산책하던 중이었어요.”

하랑의 대답 뒤로 소진이 재차 물었다.

“진짜 괜찮은 거죠? 저 사람 무서워 보이던데.”

“괜찮아. 카페에서 같이 일하는 형이야.”

괜찮다고 말하자 소진이 해맑게 웃었다. 나결은 하랑과 소진을 번갈아 보며 물었다.

“시간이 좀 늦었는데 집까지 데려다줄까?”

카드 키

"좋아요!"

소진이 대답했고 하랑은 가볍게 고개를 끄덕였다. 오늘은 먼저 하랑의 집으로 향했다. 걸어가는 동안 하랑은 엄마와 싸운 이야기를 꺼냈다. 이미 이야기를 다 알고 있는 소진이 옆에서 부연 설명을 보탰다. 하랑이 살짝 빠트린 내용을 기뚱차게 알아차리고는 살을 붙이는 소진의 순발력에 하랑은 감동한 눈치였다.

대놓고 딸에게 피를 달라고 말하는 사람도, 피를 가지고 오면 블러드허니를 무제한으로 주겠다고 호언장담하는 사장도 이해가 가지 않았다. 세계는 이런 걸까. 이해되는 사람보다 이해되지 않는 사람들이 더 많은 걸까. 이런 세계에서 무슨 수로 소통하고 어떻게 살아야 하는지 나결은 난감했다.

무엇보다도 자신을 이해하는 일이 이렇게 힘들다는 사실이 나결의 마음을 무겁게 짓눌렀다. 어째서 하랑을 보자마자 카드 키를 잽싸게 숨긴 걸까. 엄마와 어떤 말을 주고받았는지 미주알고주알 이야기하는 하랑에게 왜 자신은 끝까지 솔직하지 못할까. 아직도 계산기를 두들기고 스스로를 통제해야 하는 일이 남은 건가. 대체 무엇을 위해?

어렸을 때부터 나결은 그랬다. 뭐든 잘 해서 어른들의 칭찬을 끊임없이 받고 자랐지만 정작 수박과 바나나 중에, 자장면과 짬뽕 중에, 스파이더맨과 슈퍼맨 중에 무엇을 더 좋아하는지 몰랐다. 무엇을 먹든 무엇을 입든 무엇을 보든 무던하게 받아들였다. 딱히 좋아하는 것도 싫어하는 것도 없었다. 나아가 하고 싶은 일도 되고 싶은 것도 아직 없었다. 다만 아빠가 연구원이고 나결도 화학을 좋아하니까 그와 관련된 일을 할 것 같다고 짐작할 뿐이었다.

같은 맥락에서 나결은 반 애들과도 두루두루 친하게 지내는 편이었지만 친한 친구는 없었다. 친구나 부모에게 자기 속내를 털어놓은 적도 없었다. 더 큰 문제는 자기 마음을 아예 모른다는 거였다. 누군가에게 드러낼 마음 자체에 무지했다. 수많은 문제를 척척 풀 수 있었지만 정작 자기 문제는 아니었다. 아니 자기 문제가 무엇인지 인지조차 하지 못했다. 자신에게 질문을 던진 적이 없으니 문제를 발견할 수 없었다. 이제 와 생각해 보니 놀라울 만큼 스스로에게 무관심했다.

내가 원하는 것은 무엇인가. 하랑과 힘을 합쳐 사장을 골탕 먹이고 카페 블러드의 비밀을 까발리는 것인가. 아니면 사장을 돕는 대가로 슈퍼 블러드허니를 손에 넣고 전교 1등을 하는 것인가.

나결은 홀로 고개를 저었다. 자기 마음이 어디를 바라보는지 감이 잡히지 않았다. 어디를 바라보든 어두컴컴하기만 해 속이 답답했다. 주머니 속에 숨긴 카드 키가 50킬로그램 아령처럼 무겁게 느껴졌다.

◇ **10**

잠입

하랑

이야기를 들으며 적당히 대꾸하던 선배가 갑자기 조용했다. 깊은 생각에 빠진 듯 침묵하더니 혼자서 고개를 절레절레 저었다. 선배는 오늘 따라 무척 피곤해 보였다. 아무래도 무슨 일이 있었던 것 같다. 아직 사장을 만나지 못한 걸까. 사장을 만나긴 했는데 대화가 잘 안 풀린 걸까.

걷는 내내 하나의 생각이 줄기차게 떠올랐다. 한 번 떠오른 생각은 꼬리에 꼬리를 물고 이어졌다. 하랑은 생각을 끊어 내거나 돌리지 않았다. 집요하게 하나의 생각에만 집중하는 일이 특별한 장점이라고 생각하지 못했다. 하지만 이제는 특이점이라 여겨도 될 것만 같았다. 그냥 장점으로 바라봐 주고 싶었다.

집 앞에 거의 도착할 때쯤 걸음을 멈추었다. 소진도 하랑 곁에

134 / 135

섰다. 하랑은 소진과 선배를 번갈아 보다가 불쑥 말했다.

"그 파일, 유튜브에 올려요."

선배는 미간을 찌푸리다가 손가락 관절 부위로 눈썹을 지그시 눌렀다. 오늘따라 컨디션이 좋아 보이지 않았다.

"그 이야긴 다음에 하자."

선배의 안색을 살피고는 소진이 하랑에게 눈짓을 보냈다. 오늘은 이쯤에서 그만하자는 신호였다. 그런데 하랑의 내면에서 무언가 뾰족하고 날카로운 것이 또 솟아올랐다.

"다음이요? 선배도 나도 그럴 시간 없잖아요."

처음부터 짐작하고 있었다. 선배에게 시간이 별로 없다는 것을. 곧 기말고사였고 선배에게는 지금 당장 많은 블러드허니가 필요했다. 사장을 에워싼 여자들처럼 선배 또한 블러드허니에 중독되어 있으니까.

"선배는 뭐가 두려운 거예요?"

오래전부터 숨겨 온 선배에 대한 의심이 스멀스멀 피어올랐다.

"녹음 파일을 인터넷에 올리는 건 좋은 방법이 아닌 것 같아."

"적어도 사람들 관심은 끌 수 있잖아요. 운이 좋으면 수사로 이어질 수도 있고요."

선배가 손끝으로 관자놀이를 꾹 눌렀다.

"선배, 그 여자 만났어요?"

하랑은 사장 대신 '그 여자'라는 단어를 선택한 것이 약간 뿌듯했다.

“만나긴 했는데⋯⋯.”

선배는 말끝을 얼버무렸고 하랑은 아직 할 말이 많이 남은 사람처럼 선배에게 한 걸음 더 다가섰다.

“근데 왜 만났다는 말 안 했어요?”

“하랑아.”

소진이 하랑을 말리려는 듯 손을 잡아 살며시 끌었다. 하지만 하랑은 물러설 뜻이 없었다. 모든 것을 공유하는 자신과 달리 선배는 자꾸 뭔가를 숨기고 있었다. 이건 한 배를 탄 사람에 대한 예의가 아니지 않나.

“오늘 좀 피곤해서 그래. 다음에 이야기하자.”

“그 여자가 뭐라고 했는데요? 얘기가 잘 안 됐어요?”

아까 공원에서 선배에게 다가갔을 때 선배는 다급히 뭔가를 주머니에 숨겼다. 숨긴 것이 무엇인지 모르지만 분명한 것은 선배가 자기와 소진에게 숨기는 것이 있다는 사실이었다.

“선배는 여전히 걱정되는 거죠. 블러드허니를 못 마시고 집중력이 떨어질까 봐, 그래서 성적이 떨어질까 봐. 맞죠?”

선배는 주머니에 두 손을 찔러 넣었다. 한쪽 발을 옆으로 빼며 삐뚜름하게 섰다. 그 자세는 마치 해 볼 테면 해 보라는 무언의 압박 같았다.

“그렇다면, 어쩔 건데?”

하랑은 자기 손을 잡고 있는 소진의 손을 털어 냈다. 손끝이 바들바들 떨리기 시작한 걸 소진에게 들키고 싶지 않았다.

"아, 이제 알겠네요. 선배는 한쪽 발은 여기에, 한쪽 발은 그 여자 편에 둔 거네요. 온전히 우리 편이었던 적은 없었고요. 내 말 맞죠?"

"야!"

지지 않겠다는 기세로 선배를 노려보는 하랑의 어깨를 소진이 한 팔로 감싸안았다. 오늘은 여기까지 하라는 뜻인 줄 알면서도 하랑은 자꾸 화가 났다. 선배가 내 편이 아닌 건 알겠고 설마 소진이 너도 선배 편이니?

"내가 그쪽 편이면 녹음 파일을 너한테 왜 들려줬겠어? 그걸 왜 너랑 공유해?"

선배가 목청을 높였지만 하랑은 기죽지 않았다. 소진이 뜯어말려도 소용없었다. 목구멍까지 차오른 말들을 기어이 내뱉을 생각이었다. 처음부터 끈질기게 품었던 의심을 선배 앞에 낱낱이 펼치고 싶다는 욕망이 솟구쳤다.

"그럼 아까 주머니에 숨긴 건 뭔데요?"

"뭐?"

선배의 동공이 흔들렸다. 이 순간을 놓치지 않고 하랑은 어퍼컷을 날렸다.

"아직까지도 계산 중인 거죠? 어느 쪽에 서야 자기한테 이익이 될지, 어떻게 하면 성적을 올릴 수 있는지 그것만 생각하고 있죠? 위선자!"

선배는 주머니에 넣었던 손을 꺼냈다. 주먹 쥔 손이 떨렸다.

"이게 진짜! 어우 씨, 그만하자."

선배는 거칠게 몸을 돌려 왔던 길을 되돌아갔다. 하랑은 선배 뒤를 몇 걸음 더 쫓으며 마지막까지 발악했다.

"정신 차려요. 그걸 마시고 느낀 몰입이 진짜 선배 거라고 생각해요? 성적을 올리고 더 몰입하고 싶으면 노력해야죠. 명상을 배우든 뇌 체조를 하든 몸부림 쳐야죠. 그렇게 얻어야 진짜이고 그래야 사라지지 않는다고요!"

더는 듣고 싶지 않다는 듯이 선배는 빠르게 멀어졌다. 어깨를 들썩이며 씩씩거리는 하랑에게 소진은 조용히 걸어왔다. 하고 싶은 말은 많지만 아무 말도 하지 않겠다는 듯 하랑에게 팔짱을 걸었다. 소진이 이끄는 대로 하랑은 천천히 걸었다. 집 앞에 거의 다 다랐을 때 소진이 차분한 목소리로 말했다.

"고민이 될 거야. 선배한테 시간을 좀 주자."

알았다는 뜻으로 고개를 끄덕이고 싶었지만 몸이 말을 듣지 않았다.

잠깐이지만 선배가 내 편이라고 생각했는데 아니었다. 코끝이 시큰해지고 눈가가 떨렸다. 하랑은 소진의 얼굴을 바라보지 않았다. 소진의 눈을 마주하면 눈물이 나올 것 같았다. 지금은 울고 싶지 않았다. 우는데 쓸 에너지까지 모두 끌어모아 싸우는데 쓰고 싶었다. 그렇지만 여전히 알 수 없었다. 어떻게 싸워야 이길 수 있는지, 반드시 이겨야만 하는 명분은 무엇인지 어느 것 하나 분명하지 않았다.

선배가 원하는 것은 많은 양의 블러드허니다. 그걸 마시면 얻게 될 엄청난 몰입과 찬란한 성과다. 처음부터 알면서 손을 잡았다. 애초에 한 배를 타면 안 될 사람과 함께 배를 탔으니 결과는 뻔하다. 배는 파도와 풍랑 앞에서 난파되기 직전이었다.

그렇다면 내가 원하는 건 뭘까?

내가 원하는 건 정의 같은 거창한 게 아니다. 엄마가 폭주하지 않고 이쯤에서 멈추기를 바란다. 더 나아가 하랑은 자신에게 피를 요구한 엄마가 반성하기를 바랐다. 젊은 사람들의 유전자를 마구 모으고 멋대로 갖다 써 자기 이익을 추구한 카페 블러드 사장이 엄벌을 받기를 바랐다. 카페 블러드가 망해서 더는 사람들이 그곳에서 파는 음료에 중독되지 않기를 바랐다. 하지만 무엇을 어떻게 해야 엄마와 사장에게 한 방을 먹일 수 있을지 감이 잡히지 않아 답답하고 무기력했다.

하랑은 현관문 앞에서 소진과 헤어졌다. 방문을 열고 침대에 쓰러지다시피 누웠다. 와락 밀려드는 잡생각들을 물리치고 싶어 눈을 꼭 감았다. 잠을 자고 싶은데 자꾸만 정신이 맑아졌다. 여러 장면들이 스쳐 지나갈 때마다 속이 시끄러웠다. 한참을 뒤척인 끝에 다행히 슬금슬금 잠이 들었다.

나결

하랑이 외친 마지막 말이 귓가에 남아 징징거렸다. 카드 키를 주머니에 숨긴 건 또 언제 본 걸까. 나결은 책상 위에 올려 둔 카드 키를 노려보았다.

하랑의 말이 다 맞았다. 다 맞는데 잘못했다는 생각은 딱히 들지 않았다. 사람은 누구나 자기 이익을 위해 움직인다. 애덤 스미스도 말하지 않았는가. '보이지 않는 손' 말이다. 그게 당연한 거다. 물론 이타심 또한 진화의 중요한 요소라고 알고 있다. 다른 사람과 연대하거나 협동할 줄 알았기에 인류가 생존하고 이만큼 진화했다는 것도 배웠다.

나결이 자기 이익만 생각했다면 그 어떤 정보도 하랑과 공유하지 않았을 것이다. 그게 여러모로 더 빠르고 편했을 수도 있다. 편한 길을 놔두고 최선을 다한 결과로 위선자라는 소리까지 듣다니. 일이 참 잘도 돌아가고 있군.

하랑이 착각하는 점이 하나 있다. 모두가 자기와 같지 않다는 걸 받아들여야 한다. 자신이 무조건 솔직하고 공정하고 이타적이라는 생각도 오만하게 보이는데 하랑의 캐릭터가 그렇다 치고. 스스로가 꽤나 윤리적이라고 다른 사람들 또한 그래야 한다는 생각은 위험하다. 또 다른 강요나 폭력이 될 수 있다.

나결은 손으로 카드 키를 잡고 만지작거렸다. 이제 결정을 내려야 했다. 가장 타당하고 올바른 결정이 세상에 있긴 할까. 나도 좋고 남도 좋은 결정이란 것은 이상향에 불과한 거 아닐까. 현실적으로 그게 불가능하다면 나에게 좋은 결정이라도 내려야겠다. 나만 생각해도 된다면 지금 이 타이밍에 어떤 결정을 내리는 것이

합리적인가.

　나결은 지금 가능한 선택지를 골똘히 생각하고 싶었지만 머리가 다시 지끈거렸다. 두통약을 입에 때려 넣었다. 밤을 지새우며 고민하려 했으나 쉽지 않았다. 배가 고팠고 졸렸다. 약을 먹었는데도 두통은 전혀 가라앉지 않았다. 이런 악조건에서도 나결은 끝까지 고민을 거듭하려고 애썼다. 지금 이 순간 블러드허니를 마실 수만 있다면, 슈퍼 블러드허니가 몸에 들어온다면 두통 따윈 말끔히 사라질 텐데. 엄청난 묘안이 저절로 떠오를 텐데.

　하랑의 말이 나결을 끝까지 괴롭혔다. 블러드허니를 통해 얻은 몰입은 가짜이기에 언제든 사라질 수 있다는 말, 진짜를 얻어 내려면 노력해야 한다는 말이 나결의 심장을 쑤셨다.

　사장에게 아이들의 피를 전달해 블러드허니를 무제한으로 마시거나 슈퍼 블러드허니를 마시게 된다면 처음에는 좋겠지. 공부도 잘 되고 성적도 오를 거다. 그런데 사장이 언제 말을 바꿔 더 많은 피를 구해 오라고 할지 알 수 없다. 그 요구를 거절하면 블러드허니를 주지 않겠다고 협박하겠지. 이미 많은 양의 블러드허니에 중독된 뇌는 극심한 금단 현상에 시달릴지도 모른다. 블러드허니 없이는 아예 공부를 하지 못하는 최악의 상황이 올지도 모른다. 지금도 집중력 저하나 두통 같은 경미한 금단 증상이 있지 않은가.

　새벽 무렵 나결은 집을 나섰다. 높은 건물이 없는 공원 쪽으로 걸어가자 동쪽 하늘 부근이 붉게 물들었다. 일출이었다. 어슴푸레 밝아 오는 동녘을 보다가 나결은 결심을 굳혔다. 카드 키를 주머니에서 꺼냈다. 503호에 가 보자. 일단 가 본 후 결정해도 늦지 않을 거다. 지금까지 나결은 매번 결정을 뒤로 미루기만 했다. 이번엔 결정 전에 먼저 움직여 보고 싶었다.

마침 토요일이었다. 학원 보강 일정도 없었다. 나결은 아주 천천히 걸었다. 카페 시작 시간은 오전 아홉 시였다. 카페 문을 열어야 하니 사장은 아홉 시보다 일찍 움직일 것이다. 그러니 503호는 여덟 시 오십 분부터는 비어 있다고 봐야 한다.

아홉 시 정각이 되었다. 카페 블러드 내부 조명이 켜진 걸 멀리서 확인한 후 나결은 움직였다. 조심스레 옆 건물로 들어가 엘리베이터를 탔다. 503호의 도어락 앞에 섰다. 카드 키를 꺼내다가 나결은 잠시 망설였다. 이래도 될까? 이렇게까지 하는 스스로를 이해하기 어려웠다. 과연 문이 열릴까? 만약 카페 지하실 도어락의 카드 키라면 민호 형의 노력은 헛수고가 될 것이다. 어차피 지하실은 카드 키만으로는 절대 출입할 수 없을 테니까.

숨을 참으며 나결은 도어락에 카드 키를 갖다 댔다. 삐, 하는 소리가 났고 도어락은 열리지 않았다. 나결은 눈을 질끈 감았다. 끝났구나. 이제 더는 해 볼 수 있는 일이 없구나. 온몸에서 힘이 빠져나가 손잡이를 잡은 채 스르륵 주저앉았다. 그렇게 절망에 빠져 눈을 감고 있는데 부스럭거리는 소리가 들렸다. 누군가 계단으로 올라오고 있었다. 몸을 어디로 숨겨야 할지 몰라 우왕좌왕하며 갈

피를 잡지 못하는 찰나 거친 숨소리와 함께 누군가의 목소리가 들렸다.

"아이고, 고되다."

국숫집 할머니였다. 할머니는 숨을 헐떡이며 계단을 올라오더니 벽면에 달라붙어 있는 나결 앞으로 천천히 다가왔다.

"자."

할머니는 나결에게 카드 키를 내밀었다. 대체 이게 무슨 상황인지 알 수 없는 나결은 카드 키를 멀뚱히 내려다보며 눈만 연신 끔뻑거렸다.

"너희만 사장을 주시한 게 아니여."

"네?"

"아, 아랫집에서 물이 자꾸 샌다고 어찌나 연락을 해 싸는지 몰러."

나결이 카드 키를 받지 않자 할머니가 도어락에 카드 키를 들이밀었다. 띠릭, 하는 소리와 함께 도어락이 잠금 해제되었다. 나결이 여전히 망설이자 할머니는 한 손으로 나결의 등을 도닥이며 말했다.

"하수구 전문 업체를 부르기 전에 물이 얼마나 새는지 살펴봐야제."

나결은 할머니가 하는 말도, 이 상황도 도무지 이해가 되지 않았다. 할머니는 자기 집에 들어가듯 편안한 얼굴로 503호에 들어갔다. 그러더니 따라오라는 손짓으로 나결을 불러들였다.

"나가 지금은 국수를 팔고 있지만, 한때는 경찰이었어라. 잉, 한국 최초의 여자 경찰이었제. 자세한 건 낭중에 얘기허고."

하랑의 이모 이야기를 듣는 순간 나결의 입에서 안도의 한숨이 새어 나왔다. 어쩐지 그냥 마음이 좀 놓였다. 나결은 할머니를 따라 집 안으로 발을 들였다. 이 건물 주인인 할머니와 달리 나결은 방금 불법을 저질렀다. 나중에 주거 침입죄로 처벌을 받을 수 있다는 걸 알았지만 더는 망설이지 않기로 했다. 옆에서 할머니는 목에 매달린 핸드폰으로 사진 촬영을 시작했다.

거실은 평범했다. 한쪽 벽에 가죽 소파가 있었고 보통 텔레비전이 있는 벽면에는 책장이 있었다. 책장에는 많은 책이 꽂혀 있었는데 영어 원서가 많았다. 현장 사진을 찍느라 정신없는 할머니를 뒤로 하고 나결은 꼼꼼히 집을 살펴보았다.

가장 큰 방으로 갔다. 그런데 잠겨 있었다. 또 다른 열쇠가 있어야만 방문을 열 수 있는 구조였다. 보관용 열쇠가 하나 더 있을지 몰라 작은 방으로 들어갔다. 침실이었다. 단단히 쳐진 커튼을 열고 수납장을 하나하나 뒤졌다. 그러다가 화장대 거울 앞에 놓인 보석함을 발견했다. 보석함 고리를 열자 열쇠 몇 개가 보였다. 나결은 열쇠를 전부 챙겨 나왔다. 시간이 없었지만 방문 손잡이에 하나씩 넣어 보는 수밖에 없었다. 할머니가 나결에게 슬쩍 다가왔고 나결은 손에 쥐고 있던 열쇠를 보여 주었다. 할머니는 말없이 크기가 가장 작은 열쇠를 손가락으로 정확히 가리켰다. 숨을 토해내며 작은 열쇠를 꽂으니 구멍에 쑥 들어갔다. 열쇠를 비틀자 덜

컥 하는 소리와 함께 문이 열렸다.

기이한 풍경이 펼쳐졌다. 한쪽 벽면을 차지한 것은 커다랗고 네모난 하얀 기기들이었다. 그 기기들이 어떤 것들인지 나결은 알았다. 실험용 냉장고와 세포 배양에 사용하는 CO_2 인큐베이터였다. 아빠 연구실을 취재한 경험이 도움이 될 줄이야. 생물안전작업대도 보였다. 그 안에 피펫에이드와 스토리지가 보였다. 피펫에이드는 스토리지에 샘플을 분주하는데 사용하는 기기라고 들었다.

나결은 인큐베이터에 다가가 기기를 열어 봤다. 블러드허니가 보였다. 블러드허니가 아니라 사람 피일지도 몰랐다. 검붉은 액체가 혈액 주머니처럼 생긴 투명 비닐에 가득 담겨 있었다. 음성 녹음 파일보다는 이게 증거로서 더 효력이 있을 것 같았다. 비닐 팩을 낚아채 가방에 담으며 주변을 둘러보았다. 어디로 간 건지 할머니는 보이지 않았다.

깊이 드리운 커튼을 거두니 베란다가 보였다. 그 안에 철제 사육장이 있었다. 나결은 베란다 문을 열고 나갔다. 사육장 안에 새하얀 실험용 쥐들과 토끼 한 마리가 있었다. 토끼는 방금 세탁을 한 티셔츠만큼 새하얬다. 나결은 토끼가 갇힌 사육장에 다가갔다. 잠시도 쉬지 않고 고개를 이쪽저쪽으로 돌리던 토끼와 눈이 마주쳤다. 수행 평가 때문에 읽은 책의 한 구절이 떠올랐다. 토끼는 몸의 혈관에서 피를 충분히 뽑기 힘들기 때문에 실험의 마지막에 다다르거나 실험용 토끼가 쓸모없어지면 혈관이 가장 많이 모인 안구에서 피를 뽑는다는 문장이었다.

애들을 풀어 줘야겠다.

한 번 시작된 생각은 들불처럼 머릿속에 번져 나갔다. 그 생각에 사로잡힌 나결은 미친 사람처럼 눈알을 굴리며 사육장 자물쇠의 열쇠를 찾았다. 다른 생각을 할 겨를이 없었다. 아까 보석함에서 찾은 열쇠들이 생각났다. 주머니에 넣어 둔 그것들을 꺼내 자물쇠에 하나씩 꽂아 봤지만 허사였다. 칼이나 포크 같은 것을 이용해 볼까 싶어 부엌을 살폈지만 아무것도 없었다. 부엌 서랍의 맨 아래 칸을 여는데 띠릭, 하는 소리와 함께 현관의 도어락이 열렸다. 가위나 칼이 있었다면 바로 잡아챘을 텐데 이 망할 부엌에는 젓가락조차 없었다.

"허, 수재라고 하더니 개소리였네."

◇ **11**

진실

나결

　사장이 팔짱을 낀 채 한심하다는 눈빛으로 나결을 훑어봤다. 나결은 주머니에 손을 찔러 넣었다. 일단 핸드폰 녹음 버튼을 눌렀다. 앱으로 들어가 신고 버튼까지 누를 자신은 없었다.

　"주머니에서 손 빼시지."

　이제껏 듣던 사장의 목소리가 아니었다. 야멸차고 단단하다 못해 카리스마가 넘쳤다. 나결은 스르륵 주머니에서 손을 뺐다.

　"내가 아주 좋은 거래를 제안했던 것 같은데 지금 이 시추에이션 대체 뭐지?"

　사장은 혀를 끌끌 찼다.

　"하긴 나도 한때 수재 소리 들어 봤는데 그거 별거 아니니까. 학교 공부가 뭐라고. 진짜 천재들은 그 따위 신경도 안 쓰는데."

나결은 마른 입술에 침을 발랐다. 목소리를 내려고 하자 목구멍이 쩍 갈라지는 느낌이 들었다.

"저 토끼는 뭡니까?"

"실험용이지."

"대체 무슨 실험을 하는데요?"

"내가 그걸 너 따위한테 왜 말해야 하는데?"

사장은 굉장히 지루한 영화를 보는 얼굴로 나결을 한 번 째려보더니 냉장고 문을 활짝 열어젖혔다. 냉장고 안에는 생수병만 가득했다. 사장은 생수를 하나 꺼내고는 물을 천천히 마셨다.

"하긴 어차피 넌 여기서 못 빠져나갈 테니."

나결은 가방에서 혈액 주머니를 꺼냈다. 이거라면 저 인간을 압박할 수 있지 않을까. 아무 근거 없는 추측일 뿐이었다. 지금까지 그래 왔던 것처럼 자신의 직감이 오늘도 열심히 일해 주면 참 좋으련만.

"자, 이제 말해 보시죠."

나결은 혈액 주머니 입구를 살짝 비틀었다. 그제야 사장의 얼굴이 제대로 일그러졌다. 조금 더 힘을 주면 비닐이 찢어질지 알 수 없었다. 아무리 비틀고 이로 뜯어도 찢어지지 않는 재질이라면 난감한데.

"너 그게 뭔지나 알고 그러는 거냐?"

"당연히 모르죠. 그러니까 말해 봐요. 이게 대체 뭔지."

나결이 입술을 깨물며 거칠게 입구를 비틀자 사장의 얼굴이 하얗게 질렸다.

"잠깐!"

사장이 한 손을 다급하게 나결 쪽으로 뻗었다.

"다 말할 테니까 일단 내려놔."

사장의 손짓은 매우 간절했고 어조는 간곡했다. 나결은 일단 혈액 주머니를 천천히 싱크대 위에 올렸다. 그제야 사장은 식탁 의자에 쓰러지듯이 앉으며 고개를 숙였다. 두 손으로 얼굴을 간신히 감싼 채로 사장은 조용히 읊조렸다.

"그건 내 전부야."

사장의 입에서 긴 한숨이 뿜어져 나왔다.

"미국 유학 중에 텔로머레이스 연구소를 알게 됐어. 그 연구소에서 오랫동안 DNA의 조각인 텔로미어를 연구했어. 병들지 않고 늙지 않는 완벽한 효소를 찾아낼 수만 있다면 어떤 희생도 값어치가 있다고 생각했지."

나결은 인터넷 검색으로 알아낸 자료를 곧바로 떠올렸다. 텔로머레이스는 텔로미어의 길이를 연장해 주는 효소인데 바닷가재가 늙지 않고 오래 사는 이유도 그 때문이라고 했다.

사장이 고개를 들었다.

"동물 실험 결과는 나쁘지 않았어. 이제 사람을 대상으로 한 임상만 남았지. 그런데 미국 정부에서 허가를 하지 않았어. 효소 중 일부가 생식기를 공격할 수 있다는 연구 발표 때문이었지. 난 내 몸에 임상을 해 보기로 결심했어. 어차피 아이를 낳지 않을 생각이었으니까. 몰래 숨겨 둔 효소 하나를 훔쳐서 한국으로 들어왔고 실험을 이어 나간 거야."

나결은 곧바로 질문을 던졌다.

"블러드허니에도 그 효소가 들어 있는 건가요?"

사장은 흐리멍덩한 눈길로 싱크대를 응시했다.

"아니. 그건 블러드허니와 질적으로 달라."

사장은 자리에서 비적비적 일어나 나결이 있는 곳으로 조금씩 나아갔다.

"블러드허니는 도파민과 세로토닌을 자극하는 신경 전달 물질이 들어간 음료야. 달맞이꽃차와 헤이즐넛라테도 마찬가지지. 호르몬에 영향을 주는 물질을 정말 소량 썼을 뿐이야. 음료를 많이 팔아야 연구 자금을 댈 수 있으니 어쩔 수 없이 만든 거지."

"그럼 슈퍼 블러드허니는요?"

"네가 마신 블러드허니보다 조금 더 센 음료일 뿐이야."

사장은 한 손으로 이마를 만지더니 부엌 안을 빙빙 돌며 정신없이 말을 내뱉었다. 어딘가에 홀린 사람 같기도 했고 비밀의 주문을 외우는 심령술사 같기도 했다.

"드디어 병들지 않고 늙지 않는 완벽한 효소를 만든 거야. 이게 얼마나 대단한 일인지 느낌이 와? 키포인트는 믹싱이었어. 바닷가재에서 추출한 효소에 인간의 유전자를 섞었지. 당연히 젊은 애들의 유전자가 필요했어. 실험을 거듭 이어 나가던 중에 난 피가 필요하다는 걸 깨달았지. 성장 호르몬이 폭주하는 나이의 피 말이야! 텔로머레이스와 유전자 일부와 십 대의 파릇파릇한 혈장이 만났더니? 흐흐, 결과는 대박이었어."

사장이 두 손을 앞으로 쭉 내밀며 나결이 있는 곳으로 걸어왔다. 완전히 얼빠진 사장의 얼굴을 보자 나결은 불현듯 겁이 났다. 얼결에 혈액 주머니를 다시 잡았다. 그게 무슨 보호 장비라도 되는 것처럼 두 손으로 꽉 붙들며 주변을 둘러보았다. 젊은 시절 경찰이었다는 할머니는 지금 대체 어디에 있는 걸까. 설마 사장이 미치광이라는 걸 눈치채고 숨은 걸까.

"이제 그게 얼마나 중요한 건지 이해했지? 이건 세상에 단 하나밖에 없어. 그러니까 그걸 나한테 넘기렴."

"잠깐만요."

나결의 말에 사장은 멈칫했다.

"지금까지의 말을 정리하면, 어쨌든 이건 정부 허가 없이 불법으로 만든 거잖아요. 근데 이걸 팔겠다는 거예요? 떼돈을 벌기 위해서?"

불법이라는 단어 때문인지 떼돈이라는 단어 때문인지 갑자기 사장은 낄낄거렸다. 섬뜩하면서도 기분 나쁜 웃음이었다.

"클클클, 그걸 팔아? 내가?"

사장이 두 손으로 배를 부여잡고 깔깔거렸다.

"물론 엄청난 거지. 노벨 생리 의학상을 받고도 남아. 근데 난 이걸 세상에 알리지 않을 거야. 이건 내 거라고. 아무하고도 나누지 않을 거야."

“피는 어디에서 구했어요?”

“있어. 블러드허니에 가장 중독된 허스키 보이스. 내가 그 여자한텐 아주 특별히 블러드허니를 무제한으로 제공해 줄 생각이야. 암, 그래야지.”

사장이 입꼬리를 비틀어 낄낄거렸다. 그러다가 갑자기 사장은 웃음을 뚝 멈추고는 천연덕스럽게 표정을 바꾸었다. 돈이 필요한 성냥팔이 소녀처럼 간절한 얼굴로 두 팔을 내밀었다.

“자, 그러니까 그걸 내게 넘기렴.”

나결은 뒷걸음질하며 조금씩 뒤로 물러섰다.

“블러드허니를 평생 줄까? 아님 돈을 줄까? 말만 하렴. 네가 원하는 건 뭐든지 줄 테니까 당장 이리 내!”

실성한 사람처럼 실실 쪼개다 화 내며 성큼성큼 다가오는 사장 때문에 무서웠다. 몸이 저절로 반응해 하염없이 뒷걸음질 치기 바빴다. 부엌은 넓지 않았고 이제 더는 물러설 자리도 없었다.

“더는 원하는 게 없다면요?”

“블러드허니를 원하잖아.”

“토끼랑 쥐부터 풀어 주시죠.”

“알았으니까 그거부터 내게 넘겨.”

무언가에 홀린 듯 죽 내뻗은 사장의 손을 밀치며 나결은 잽싸게 움직였다. 부엌을 나온 뒤 얼른 혈액 주머니를 가방에 넣었다. 그러자 사장이 눈을 부라리며 나결을 쫓아왔다.

“말이 안 통하는군. 멍청한 새끼.”

사장의 눈빛이 심상치 않았다. 도망쳐야 했다. 나결은 다급한 손길로 중간문 손잡이를 돌렸지만 문은 열리지 않았다.

"그러게 좋은 말로 할 때 들을 것이지."

몸을 뒤로 홱 돌렸다. 사장의 손에 들린 것은 커다란 주사기와 케이블 타이였다. 저 주사기 안에 어떤 액체가 들어 있을지 알 수 없었고 알고 싶지도 않았다. 나결은 미친 듯이 손잡이를 돌리고 흔들고 당길 뿐이었다.

"중독자 주제에 감히 내 숭고한 연구 결과를 가로채?"

사장의 눈동자가 희번덕거렸다. 이제 끝이구나. 사장은 빠른 속도로 다가왔다. 커다란 주사기가 허공에 하늘거렸다. 주사기의 바늘 끝이 곧 몸에 박히겠지. 그리고 나면 게거품을 물면서 바닥에 쓰러지겠지.

그 짧은 찰나 동안 나결은 생각했다. 나는 왜 여기에 있을까. 사장이 거래를 제안했을 때 왜 옳다구나 받아들이지 않았을까. 어쩌자고 혼자서 여기까지 왔을까. 하랑이랑 소진, 아니면 하랑 이모와 함께 움직였더라면 뭔가 다른 결론을 맞았을지도 모르는데. 그래도 지금 이 공간 어디엔가 국수 가게 할머니가 있다는 사실이, 이 광기 어린 사장의 모습을 본 사람이 혼자가 아니라는 사실이 굉장한 위안이 되었다.

그러다 순간 나결은 몹시 부끄러웠다. 하랑이 한 번도 자기들 편이었던 적이 없다고 소리쳤을 때, 아직까지도 계산 중이냐고 물었을 때 나결은 태어나 처음으로 창피하고 수치스러웠다. 그 감정이 대체 어디에서 비롯됐는지 전혀 몰랐지만 하나의 사실만은 분명했다. 하랑과 소진 앞에서 떳떳하지 못했고 끝까지 계산기를 두들기는 버릇을 버리지 못했다.

"맛 좀 봐라!"

사장이 단전에서 끌어 올린 목소리로 외치며 나결의 등을 주먹으로 내리쳤다. 휘청거리는 나결의 다리를 걸어 잽싸게 쓰러뜨렸다. 그러고는 주사기를 입에 물더니 나결의 두 손을 케이블 타이로 묶으려 했다. 이에 질세라 나결이 버둥거리자 사장은 발로 나결의 복부를 걷어찼다. 나결이 고통에 찬 신음 소리를 내는 사이 두 발까지 제압당했다.

"네 피가 필요해."

사장이 중얼거렸다. 흰자까지 벌겋게 충혈된 눈동자가 이글이글 타올랐다.

"똑똑하고 젊은 사람 피가 최고거든."

착각했다. 나결을 마취하거나 쓰러뜨리려는 주사기가 아니었다. 피를 가득 뽑으려는 의지로 불타오른 사장이 나결의 배에 앉았다. 주사기 바늘 끝이 팔을 찌르는 순간 나결은 눈을 감았다. 더는 할 수 있는 일이 없다는 사실을 직시하고 순순히 받아들여야 했다. 그런데도 심장이 떨리고 두려웠다. 눈을 부라리며 험상궂은 표정을 짓는 사장의 얼굴은 좀비보다 더 섬뜩했으니까.

짧은 마디마디로 시간이 쪼개지다가 결국 우뚝 멈추는 것만 같았다. 주사기 바늘이 꽂힌 곳이 뜨거웠다. 사장은 점점 더 흥분해

기괴한 소리를 냈다. 지옥이 따로 없었다.

"얍!"

할머니가 낸 소리에 나결은 눈을 팍 떴다.

"헉."

사장이 나결 옆으로 힘없이 쓰러졌다. 어디에 있다가 이제 나타났는지 긴 막대기를 들고 있는 할머니가 보였다. 사장이 목을 잡고 끙끙댔다. 할머니가 막대기 끝으로 사장의 목덜미를 때린 듯했다. 잠시 쓰러져 있던 사장이 벌떡 일어났다. 목을 부여잡고 할머니를 노려보다가 분노의 포효를 내질렀다.

하랑

"선배!"

하랑은 주먹을 쥐고 503호 현관문을 두드렸다. 안에서 여자가 맛 좀 보라고 외치는 소리가 났다. 더는 기다릴 수 없었다. 이모가 하랑 손을 잡아끌어 한 발 뒤로 물러서게 한 뒤 열쇠 수리공 아저씨에게 신호를 보냈다. 아저씨는 약간 끙끙대다가 도어락을 뜯어냈다.

문이 열리자마자 이모는 여자에게 달려들었고 하랑은 힘없이 바닥에 누워 있는 나결에게 달려갔다.

"너희들 뭐야!"

이모가 능숙한 손길로 여자의 손을 비튼 후 정강이 부분을 툭 차서 무릎 꿇게 만들었다. 여자의 두 손에 수갑을 채우며 이모가 말했다.

"자세한 얘기는 경찰서에 가서 합시다. 제가 오늘 시간 아주 많거든요."

여자는 고래고래 고함을 질러 댔다.

"영장 있어? 무고한 시민한테 수갑을 채워? 내가 가만있을 줄 알아?"

엘리베이터를 타고 5층으로 오르는 사이 이모는 하랑에게 절대 나서지 말라고 신신당부했다. 이미 안에 경찰이 잠입 중이니 복도에 잠자코 있으라고 했다. 하지만 하랑은 안으로 들어갈까 말까 잠시도 망설이지 않았다. 나결 선배가 괜찮은지 확인해야만 했다.

"이건……?"

하랑은 나결 팔뚝에 꽂혀 있는 주사기를 발견했다. 어쩔까 고민하고 있는데 국수 가게 할머니가 다가와 단숨에 주사기를 뽑았다. 바닥에 누워 있던 나결은 미간을 찡그리더니 고개를 들어 올렸다.

"하랑이 네가 여기 왜……."

이모가 할머니로부터 주사기를 받으며 말했다.

"으이구, 하랑이 아니었으면 너 오늘 큰일날 뻔했어."

얼빠진 나결을 보며 하랑은 몇 시간 전으로 돌아갔다.

깊은 잠에 빠져 있는데 전화가 왔다. 소진이었다. 다급한 목소리에 하랑은 잠이 확 달아났다.

"하랑아. 나 선배한테 과학 공부 같이 하자는 말 하려고 선배 집 앞에서 기다렸는데……."

이어진 소진의 말은 이러했다. 선배가 몹시 급한 얼굴로 달려 나갔다는 것. 선배를 부르려 했는데 심각한 얼굴이라 그러지 못하고 왠지 불안한 마음에 선배를 따라갔다는 것. 선배가 카페 블러드 옆 건물로 들어가는 걸 목격했다는 것. 국수 가게 앞에서 서성거렸는데 카페 블러드 사장이 카페를 나와 나결 선배가 들어간 건물로 들어가더라는 것. 그래서 하랑에게 연락을 했다는 것.

소진과 전화를 끊자마자 하랑은 이모에게 연락했다. 이야기를 다 들은 이모는 딱 한 마디를 남기고 전화를 끊었다.

"네 선배 지금 국수 가게 할머니랑 같이 있어. 나도 지금 가고 있으니까 걱정하지 마."

이모와 함께 온 형사가 사장을 데리고 집을 나갔다. 이모와 할머니는 선배가 정신 차릴 수 있게 옆에서 기다려 주었다. 선배는 주사기가 꽂혀 있던 자리가 아픈지 한 손으로 그 부위를 세게 눌렀다. 잠시 후 활짝 열린 문으로 소진이 쭈뼛대며 들어왔다. 바닥에 주저앉아 있는 선배를 발견하고 소진의 눈빛이 흔들렸다. 소진과 하랑의 눈길이 잠깐 마주쳤다. 하랑이 고개를 작게 끄덕이자 소진은 선배에게 다가가 한쪽 무릎을 꿇었다.

"선배, 괜찮아요?"

선배는 남은 힘을 모두 짜내어 미소를 지었다. 소진 앞에서만큼은 멋진 선배로 남고 싶은 것 같았다. 둘을 번갈아 보다가 하랑이 입을 열었다.

"선배가 카페 옆 건물로 들어간 걸 소진이 목격하고 저한테 연락했어요. 사장이 뒤따라 들어갔다는 말을 듣고 제가 전화했더니 이모가 이미 출동하고 있었더라고요."

"그랬구나."

풀이 죽은 선배 목소리를 듣다가 소진이 선배에게 손을 내밀었다. 그 손을 빤히 보다가 선배는 살포시 손을 잡았다. 선배가 다쳤을까 봐 전전긍긍한 건지, 선배와 손을 잡은 게 부끄러운 건지 소진의 뺨이 살짝 발그레해졌다.

다 같이 사장의 집을 나오려는데 선배가 갑자기 멈춰 섰다.

"잠깐만."

선배가 다시 집 안으로 들어갔다. 하랑은 소진과 눈짓을 짧게 주고받은 뒤 선배를 따라 들어갔다. 방문을 열고 나온 선배 손에 철제 사육장이 들려 있었다. 그 안에는 하얗고 작은 토끼가 귀를 쫑긋 세운 채 고개를 기웃거렸다. 마침 집 안으로 들어온 이모가 토끼를 보았다.

"그거 증거 자료니까 손 대면 안 돼."

그 말에 나결 선배는 흠칫 놀라며 사육장을 이모에게 내밀었다. 선배는 토끼를 지그시 내려다보다가 이모에게 말했다.

"말씀드릴 게 하나 있어요."

이모는 선배를 따라 다시 방으로 들어갔다. 선배는 방구석에 있는 기기로 다가가더니 이모에게 가까이 오라고 손짓했다. 이모는 사육장을 내려놓고 선배가 있는 곳으로 다가갔다.

"여기 디스플레이 옆에 포트 보이시죠?"

정체를 알 수 없는 기기에 작게 뚫린 구멍을 손가락으로 가리키며 선배가 말했다. 이모가 고개를 끄덕였다.

"여기에 USB 스틱을 꽂으면 실험 자료를 전부 내려받을 수 있어요. 저 사람이 여기에서 무슨 실험을 했는지 다 나올 거예요."

"아, 그렇구나. 참고할게. 곧 현장 감식팀이 올 거야."

어디에서 찍찍거리는 소리가 들렸다. 사람들 시선이 베란다로 향했다. 이모는 갇혀 있는 쥐들을 내려보다가 혀를 끌끌 찼다. 이모는 쥐가 들어 있는 사육장을 번쩍 들어 올렸다.

핸드폰이 울렸다. 이모가 통화를 하다가 선배의 어깨를 쳤다.

"너도 경찰서로 가자. 조사받아야 해."

"조사요?"

선배 대신 소진이 되물었다.

"가택 침입죄. 불법으로 들어왔잖아. 당연히 조사받아야지."

"아."

선배가 미간을 살짝 찡그리다가 그제야 무언가를 깨달은 사람처럼 주변을 두리번거렸다. 누군가를 간절히 찾는 듯했다.

"아직 미성년자니까 부모님도 오셔야 할 거다."

그러거나 말거나 이모는 할 말을 단호히 전했다. 그때 국수 가게 할머니가 홀연히 모습을 드러내더니 선배를 싸고돌았다.

진실

“애는 죄 없당께.”

“선배님!”

서, 선배? 이모가 왜 할머니를 선배라고 부르는 거지?

“나가 이 건물 주인이고, 처자 없는 사이에 고칠 게 있어서 문을
열어 뒀는데 그사이에 잘못 들어온 거여.”

“선배님 말이 사실이라고 해도 조사를 받아야 합니다. 원칙이
그래요.”

“아직 어린디 세게 하지는 말어.”

“네, 선배님!”

그러더니 이모는 할머니를 향해 허리 굽혀 정중하게 인사를 했
다. 국수 가게 할머니가 왜 여기에 있고, 이모는 왜 할머니에게 인
사를 하는지 이 상황이 전혀 이해가 가지 않아 하랑은 눈가를 찡
그리며 소진을 보았다. 소진 역시 뭐가 뭔지 모르겠다는 듯 어깨
를 으쓱였다.

“자, 이거.”

할머니가 이모에게 무언가를 내밀었고 이모는 공손히 두 손으
로 받았다.

“신분증이랑 성형 전 사진이여. 침실을 구석구석 뒤졌더니 미국
에서 일했던 기록도 좀 있더구먼.”

“감사합니다, 선배님.”

씩씩하고 단단한 목소리로 이모가 대답했다.

“얘들이랑 인사 좀 하고 가도 될까요?”

나결 선배가 이모에게 살짝 물었다.

"그렇게 해. 선배님이 같이 데려와 주세요. 저는 서에 먼저 들어가겠습니다."

"네. 알겠습니다."

"그려."

할머니가 대답했고 나결 선배는 고개를 수그려 이모에게 인사를 건넸다.

네 사람은 오피스텔 건물을 빠져나왔다. 하랑은 국수 가게 앞으로 걸어가 대기자를 위해 마련된 의자에 앉았다. 그 옆으로 소진과 선배도 나란히 앉았다. 할머니는 주변을 살피며 멀찍이 서 있었다.

세 사람은 멍한 눈길로 건너편에 있는 카페 블러드를 바라보았다. 사장이 경찰서에 끌려가든 말든 상관없다는 듯 카페는 오늘도 사람들로 북적거렸다. 사람들에게 카페 블러드는 엄청난 비밀을 품은 곳이 아니었다. 그저 특색 있는 음료를 팔고 사진 찍어 SNS에 올리기 좋은 핫플레이스일 뿐이었다.

"선배, 어떻게 된 거예요? 어떻게 들어간 거예요?"

소진이 선배에게 물었고 선배는 우물쭈물 대꾸했다.

"응. 훔친 카드 키로 들어가려고 했는데 잘 안 됐어."

선배는 같이 일하는 형이 준 카드 키가 들지 않아 좌절한 순간 할머니가 홀연히 나타났다고 말했다.

“할머니, 전직 경찰이셨대.”

“헐.”

하랑과 소진은 자리에서 일어나 멀찍이 서 있는 할머니와 문이 닫힌 국수 가게를 번갈아 바라보았다. 매일같이 드나들던 국숫집 할머니가 건물 주인이라고 했을 때도 놀라웠는데 과거엔 경찰이었다니! 충격적인 사실이 믿기지 않아 하랑은 얼떨떨했다.

“하랑이 이모한테 공조 수사 부탁을 받은 것 같아. 우리가 국수 가게에서 나누는 말도 전부 듣고 있었던 것 같고.”

“와, 소름 돋아.”

할머니의 공조 수사를 전혀 예측하지 못했던 하랑은 기분이 묘했다. 얼떨떨함이 지나간 자리에 새로운 감정이 자리했다. 묵묵히 하랑과 소진을 지켜봐 주는 어른이 가까운 곳에 있었다는 사실이 뭉클했고 깊은 안도감을 주었다.

“왜 혼자 갔어요? 우리한테 연락할 생각은 안 했어요?”

소진은 작정하고 질문을 퍼부었다. 논리적으로 따지려는 질문은 아니었다. 많이 놀라고 걱정했다는 메시지를 한 아름 안은 질문이었다.

“그게……”

그 말을 끝으로 선배는 망설이며 말을 뚝 멈추었다. 침묵을 지키며 가장 적당한 말을 고르는 눈치였다. 하랑과 소진은 그런 선배를 묵묵히 기다려 주었다.

“처음엔 별생각 없었어. 카드 키가 생겼으니까 그냥 가 보자 싶었거든. 만약 비밀이 있다면 그 실체가 지하실이나 503호 중 하나에 있을 테니까."

선배는 눈을 가느다랗게 뜨며 카페 블러드 간판을 노려보았다.

"알고 싶은 줄 알았어. 사장이 감춘 비밀이든 블러드허니의 비밀이든. 결정하고 싶은 줄 알았어. 잘 결정하려면 해 볼 수 있는 걸 다 하는 게 나으니까 일단 행동한 후에 결정하자 싶었지. 그런데 아니었어. 실은 부끄러웠던 거야. 너희들과 이야기를 나누면서, 카페의 비밀을 파고들면서, 중요한 걸 오픈한 적이 단 한 번도 없었거든. 사장이 주사기를 들고 위협하는 순간 불현듯 깨달았어. 매번 내 이익만 생각하고 계산기부터 두드렸던 게 마음속으로 늘 창피했단 걸."

소진은 선배 쪽으로 고개를 돌렸다.

"제 생각은 좀 달라요."

하랑과 선배는 동시에 소진을 바라보았다.

"선배는 카페 앞에서 아줌마들을 만나서 우연히 얻게 된 녹음을 하랑이와 공유했어요. 그 파일을 선뜻 보내 줬고요. 선배도 나름의 최선을 다한 거예요."

소진은 잠시 뜸을 들이다가 이어 말했다.

"그리고 선배가 정보를 공유해 주지 않았다면 오늘 우린 선배를 도우러 갈 수도 없었을 거예요. 그러니까 선배가 선배를 도운 거예요."

선배는 카페를 보던 시선을 거두며 쓸쓸한 미소를 지었다.

진실

"그렇게 말해 줘서 고맙다."

선배는 다소 긴장이 풀린 얼굴로 하랑과 소진을 번갈아 바라보았다.

"예전에 네가 형사님 절대 안 움직일 거라고 하지 않았어?"

"신고자가 저 말고도 한 명 더 있었대요. 그래서 수사 들어갈지 말지 고민하던 중에 인터폴에서 협조 요청이 온 사건이 기억나서 뒤져 봤는데 아무래도 카페 사장이랑 연관되어 있었나 봐요."

"인터폴?"

"이모 말로는 저 여자, 얼굴도 이름도 싹 다 고친 거래요."

하랑의 말을 가만히 듣고 있던 소진이 주머니에서 껌을 꺼내 하랑과 선배에게 건네며 입술을 내밀었다.

"한 명 더 있었다는 신고자는 누굴까?"

하랑은 잠시 생각에 잠겼다. 그 사람이 누군지 그다지 궁금하지 않았다. 분명 엄마는 아닐 거니까. 엄마 생각을 하자 목구멍에 이물질이 걸린 것처럼 목과 가슴이 답답해졌다.

"어이, 고딩!"

카페 블러드에서 선배와 함께 일한다는 직원이 나왔다. 그는 담배 한 개비를 손에 들고 선배에게 아는 척하며 다가왔다.

"이 소중한 weekend에 여기서 뭐 하는 중? 이 아름다운 lady들은 누구?"

"스터디 중이에요."

거짓말을 잘도 하네. 그동안 선배가 몇 번의 거짓말을 했을까를 궁금해하다가 하랑은 고개를 절레절레 저었다. 궁금해하지 말자. 의심도 그만두자.

"블러드허니 줄까? 뭔 일인지 사장이 코빼기도 안 보인다."

하랑과 소진은 동시에 선배를 보았다. 선배는 자리에서 천천히 일어서며 그 어느 때보다도 큰 목소리로 대답했다.

"아뇨. 필요 없어요."

직원은 어깨를 한 번 으쓱하고는 하랑과 소진에게 손을 흔들며 말했다.

"카페 또 놀러와. Bye!"

직원의 제스처를 흉내 내며 하랑은 어깨를 한 번 으쓱했다. 음, 그건 어려울 것 같은데요. 그 카페 곧 문 닫을지도 모르거든요.

카페로 들어가는 직원을 보다가 선배는 하랑과 소진을 번갈아 내려다보았다.

"난 이만 가 볼게. 오늘 고마웠다. 은혜는 기말 후에 갚을게."

군인이 경례를 붙이듯 선배는 손을 이마에 가볍게 붙인 뒤 떼었다. 할머니는 선배를 데리고 경찰차에 올라탔다.

며칠 뒤 하랑은 아침 일찍 이모 집을 찾아갔다. 이모는 토요일인데도 출근해야 한다며 분주히 옷을 입고는 엉거주춤한 자세로 서서 시리얼을 퍼먹었다.

"사장은 뭐래요?"

이모는 그릇째로 우유를 들이마시다가 간신히 대답했다.

진실

“극구 부인하지. 자긴 잘못한 거 없다고 방방 뛰고.”

“그럼 곧 풀려나겠네요? 증거가 빵빵해야 구속 영장이 연장되는 거잖아요.”

아직 배가 덜 부른지 이모가 그릇에 시리얼을 잔뜩 부었다.

“얼, 하랑이 형사 다 됐네.”

“이모, 나 지금 진지한 거 안 보여요?”

이모는 입을 삐죽이다가 고개를 주억거렸다.

“증거 있어. 그 여자 집에 있는 기구들, 혈액, 토끼와 쥐들 기타 등등.”

“그것들이 증거가 돼요?”

“그럼. 개인의 유전자 정보를 거래하거나 편집한 거잖아. 아직까지는 유전자를 조작하거나 편집하려면 미리 국가의 허가를 받아야 해. 개인이 사적 이익을 위해 유전자를 거래한 거고 거기에 동원된 유전자 중 일부를 본인이 자발적으로 기증한 게 아니니까 불법의 소지가 있지.”

“인터폴 어쩌고는 뭐예요?”

“미국 연구소에서 중요한 걸 훔쳤나 봐. 어쩌면 미국에서 재판을 받아야 할지도 모르는 거지.”

시리얼을 맛있게 먹는 모습을 보니 하랑도 허기가 졌다. 입맛을 다시는 하랑을 보고 이모는 그릇과 우유를 내밀더니 다시 허겁지겁 먹었다.

“이모.”

이모는 그릇에 얼굴을 박고 있다가 고개를 빼꼼 들어올렸다.

"저 이제 그만하려고요."

이모의 눈동자에 '뭐를?'이라는 질문이 주렁주렁 매달렸다.

"저 어렸을 때부터 엄마 눈치 되게 많이 봤거든요. 무의식적으로 알았던 것 같아요. 엄마가 저를 많이 사랑하지 않는 거요. 그래서 눈치도 보고 알게 모르고 노력도 많이 했어요. 듬뿍 사랑받고 인정받고 싶어서."

이모가 그릇을 식탁에 내려놓았다. 하랑은 우유에 퉁퉁 불어난 시리얼을 숟가락으로 휘젓다가 다시 입을 열었다.

"저한테도 장점이 있고 매력이 있다는 걸 알려 준 사람들을 생각해서라도 절 좀 좋아하기로 했어요. 이번에 깨달았거든요. 나를 가장 미워하고 괴롭힌 사람이 바로 나라는 사실을요. 그래서 이제 그만하려고요."

이모는 부드럽고도 따뜻한 목소리로 하랑의 이름을 불렀다.

"하랑아."

하랑은 이모를 올려다보았다.

"네가 많이 힘들었겠다 싶어서 이모가 마음이 아프다."

하랑은 엄마를 이해할 수 없고 이해하고 싶지도 않았다. 엄마가 하랑을 오롯이 사랑해 주지 못하듯이 하랑 또한 엄마를 있는 그대로 사랑할 수 없었다. 그러니 비긴 건가? 그렇다 하더라도 하랑은 가끔 화딱지가 났다. 엄마는 어른이고 자신은 아직 어른이 아닌데 왜 매번 자신이 이해하고 넉넉한 마음을 품어야 하는 건가. 한 번

넘어가고 참으면 그 한 번이 얼마나 빠르게 두 번, 세 번이 되는지 하랑은 잘 알고 있었다.

작정하면 이모 앞에서 엄마 뒷담화를 밤새 할 수 있었다. 한없이 엄마를 깎아내리고 자신에게 유리한 말을 늘어놓고 싶었다. 엄마가 얼마나 무능한 보호자인지, 어떤 상처를 주었고 얼마나 모성애가 부족한지 낱낱이 고발하며 자신을 가녀린 피해자로 만들 거리는 차고 넘쳤다. 그렇지만 하랑은 입을 다물었다. 말할 거리가 넘치는데 입을 다무는 일은 생각보다 힘든 일이었지만 그냥 그렇게 했다. 솔직히 이제는 엄마를 미워하는 데 쓰는 에너지도 아까웠다. 그럴 에너지까지 모두 소중히 모아서 자신을 사랑하고 지지하는 데 쓰고 싶었다.

"이모가 곁에 있어서 견딜 만해요."

하랑의 말을 묵묵히 듣던 이모가 긴 팔을 내밀어 하랑의 머리를 쓰다듬었다. 그러다가 시계의 숫자를 확인했는지 흠칫 놀라며 재빨리 움직였다. 그릇을 싱크대에 던져 놓고는 핸드폰을 챙겼다. 하랑도 우유를 냉장고에 넣고 시리얼 봉지를 여몄다. 초스피드로 현관을 나오며 이모는 하랑에게 말했다.

"담에 또 경찰서로 놀러와. 햄버거 사 줄게."

"이제 햄버거 말고 다른 거 먹을래요."

하랑이 쫑알쫑알 투덜거렸다.

"다른 거 뭐?"

"아주 비싼 거."

이모는 계단을 내려가며 호탕하게 웃었다.

"하하, 그래. 먹고 싶은 거 다 말만 해. 이모 돈 많아!"

밖으로 나오자 쨍한 아침 햇살이 하랑과 이모를 반겼다. 눈부셨다. 찬란하게 아름다웠다. 하랑은 살며시 미소 지었다. 보폭이 큰 이모 뒤를 쫄레쫄레 쫓았다. 이모의 걸음 속도에 맞추려다 보니 하랑은 뛰다시피 걸어야 했다. 숨이 조금 가빠졌지만 싫지 않았다. 이대로 바다나 산이 나올 때까지 이모와 함께 걸을 수 있다면 얼마나 좋을까 생각했다. 그때 메시지가 왔다. 소진이었다.

나 지금 도서관 간다.

아휴. 정말로 기말고사가 코앞이었다. 집에 가서 교과서와 문제집을 챙겨 들고 도서관에 가야겠다. 세트로 소진의 잔소리 폭격을 듣겠지. 열람실에 자리가 없으면 1층 로비 의자를 잡거나 스터디카페에 가야 할지도 모른다. 한가로운 주말은 이모에게도, 하랑에게도 사치일 뿐이었다. 어쨌거나 정성껏 오늘을 살아내야 한다. 오늘의 태양이 떴고 해가 이미 중천이니까.

『숨은 초능력 찾기』 앤솔로지 때 단요 작가님을 알게 되었다. 집필을 앞두고 미팅을 했을 때 작가님과 특이한 음료를 파는 카페와 특이한 케이크를 파는 가게에 대해 이야기했다. 함께 더블 앤솔로지를 하기로 했는데 일이 꼬였다. 그래서 200매 정도의 분량으로 구상한 이야기를 늘려 장편화했다.

특이한 음료를 파는 카페를 중심에 놓고 추리적 요소를 시도해보고 싶었는데 결국은 인물 중심의 소설이 된 것 같다. 주인공인 하랑과 나결을 깊이 느끼려고 노력했지만 아쉬움이 남는다. 작품을 쓰고 출간하는 과정에서 완벽함을 느끼는 날이 올까? 그게 가능한 날이 오기는 올까?

한강 작가의 책 『사랑과 사랑을 둘러싼 것들』에서 읽은 문장이 떠오른다. "사랑을 둘러싼 것들이 고통스럽지. 이별, 배신, 질투 같은 것. 사랑 그 자체는 그렇지 않아." 이 문장이 나에게는 이렇게 들렸다. "소설을 둘러싼 것들이 고통스럽지. 소설 그 자체는 그렇지 않아." 소설은 고통스럽지 않다. 늘 자유롭고 폼이 넓다. 내가 고통스러운 이유는 내 실력에 비해 더 좋은 글이 나오길 바라는 과욕 때문 아닐까.

고통보다는 사랑으로, 욕심보다는 즐거움으로 소설의 세계에 머물고 싶다. 조금 모자라고 아쉽더라도 지금 쓸 수 있는 글을 쓰다 보면 소설의 너른 품에 포옥 안길 수 있는 날이 올 지 모른다고 믿고 싶다.

원고를 꼼꼼히 살펴 준 편집부를 비롯해 이 책이 나오기까지 고생해 주신 모든 분들에게 감사의 인사를 전한다. 그리고 소설을 끝까지 읽어 준 독자분들께 두 손 모아 사랑의 인사를 전한다.

또 한 번의 봄을 간절히 기다리며
탁경은

렉스트**T** 020

카페 블러드

초판 1쇄 인쇄 2026년 4월 13일 **초판 1쇄 발행** 2026년 4월 25일

글 탁경은
펴낸이 최순영

출판3 본부장 김솔미
어린이 문학2 팀장 김아름
키즈 디자인 팀장 이수현
디자인 진예리

펴낸곳 ㈜위즈덤하우스 **출판등록** 2000년 5월 23일 제13-1071호
주소 서울특별시 마포구 양화로 19 합정오피스빌딩 17층
전화 02)2179-5600 **내용문의** 02)2179-5707
홈페이지 www.wisdomhouse.co.kr **전자우편** kids@wisdomhouse.co.kr

ⓒ 탁경은, 2026

ISBN 979-11-7591-063-8 43810